JN147067

みとりし

髙森美由紀

みとりし

プロローグ

ネロとパトラッシュが床に倒れて動かなくなると、ＤＶＤの前で友だちふたりがぐずぐずと泣き出した。そのふたりに気をとられているうちに、『フランダースの犬』は終わってしまった。

ランドセルを背負った小島薫（こじまかおる）は、横断歩道の手前の黄色いペンキで描かれた足形に乗った。ここへ来たらこうするものだと、一年生の春先、お母さんから教わった。それから四年。いつの間にか薫の足は足形より大きくなったが、きまりはきちんと守っている。

薫の新しいスニーカーは、足形をすっぽり覆う。すぐにきつくなるんだから、と与えられた一回り大きなサイズ。色は黒。汚れが目立たないからだそうだ。これ一足しか持たない上に、去年からはいているので相当くたびれている。

盛岡市内の南に位置する飯岡（いいおか）は土地が平ら。広々とした土地を贅沢（ぜいたく）に使っているので高い建物がなく、空が近い。手を伸ばせば、澄んだ泉のようなそれを掻き回せそうだ。幹線道路から少し外れただけでのどかな田園風景が広がる。ただ、直線道路が多いため、スピードを出すクルマが結構あって、道路を渡るときは十分に注意するように先生が口を酸っぱくするほどに言っていた。

薫が足元をしげしげと見おろしながら足をずらしたり乗せたりを繰り返していると、隣からぶっきらぼうな声が飛んできた。

「それ、ぼくの」

薫がゆっくり顔を向けると、目の前に黄色い通学帽があった。半歩退いてまじまじと見れば、薫を帽子のつばの陰から見上げる三角の目。口はへの字。視線を下げると、胸の名札が目に入った。

津田(つだ)小学校　四年一組　斉藤陽太(さいとうようた)

津田小学校は薫の通う永田(ながた)小学校とは同地区内だ。

薫が退いたために露(あらわ)になった足形に、陽太は飛び乗った。満足そうににんまりする。

「お前、これ踏みたいんだろ」

そこに立てと教わったから立っていただけで、踏みたいのかどうか分からない。

「どっちでもいい」

薫がそう答えると斉藤陽太は目を剥いた。

「自分のことなのに、分かんねえのかバアカ」

薫はキョトンとして、負けん気の強い小さな子を見おろす。黒いランドセルのベルトを握る彼は、背伸びをして顎を上げ、薫と背を張り合っている。

薫は薄い唇を閉じ、横断歩道の先を見る。信号はまだ赤だ。でも車両側の信号が黄色になったから、こっちのはもうすぐ変わる。陽太も背伸びをしたまま進行方向を見据える。背伸びをしているので足元がふらふらしている。元に視線を向ける。小さい足だ。

クルマが停止線で止まり、歩行者の信号が青に変わった。薫が一歩足を踏み出す。陽太が負けじと飛び出し薫を抜く。振り返って勝ち誇った笑みを浮かべた。薫は俯いている。横断歩道の白い部分だけを踏むためだ。もうずっと前から白いところだけを踏むというのをルールとしている。灰色の部分を踏むと死ぬ。……死にはしないけど悪いことが起きる。ゼッボーする出来事が起きる。ような気がする。今まで何回か灰色を踏んでしまったことがあった。そのときはよく覚えていないけどたぶん悪いことが起こったはずだ。

下ばかり見ていたので、黒いランドセルに正面からぶつかった。顔を上げる。陽太が迷惑そうに口を尖らせて振り向いている。薫は横にずれようとして灰色を踏んでしまった。ひやりとした。しくじった。悪いことが起こってしまう。

そう思うや否や、それはいきなり現れたかのように、薫の耳に入った。右手から迫るエンジン音。数人の悲鳴が空に響く。薫は視線を向けた。白い乗用車が見る間に膨らんでくる。

あ。

運転手の表情がはっきり見えた。顔も白目も真っ赤で、黒目が極端に小さい。ハンドルを握る指の関節は陶器のような白。

胸を押された。鉋をかけるように、薫の鼻先をクルマが通過する。薫は後ろによろめき、倒れた。離れたところで、全てを台無しにするような音が響く。驚く一方で、これはきっとゼツボーの音だと思った。

ガソリン臭と、焼けるゴムの臭いがする。アスファルトに押しつけられている体の左側が焼けるように熱い。爆音のせいで耳が聞こえなくなったのか、異様なほど音がない。痛みと言えば、倒れたときの痛みと、脛の痛みぐらいか。足がすうすうする。スニーカーが脱げたのだろう。大きな靴は簡単に脱げてしまう。どこに行ったんだろう。

灰色のアスファルトが視界の下半分を占め、上半分には数メートル先の、片輪を歩道に乗り上げて停まっている白い自動車があった。自分の腿より太い黒々としたタイヤは重量感があり、猛々しい。クルマの腹というものを初めて見た。日光の強烈な明るさに対して、クルマの腹の闇は深い。四つのタイヤで支えられたトンネルの出口に目を凝らす。

　フロントバンパーから液体が滴り落ちている。さらに向こうには歩道に立ちすくむ人々が見える。

　起き上がっていいのかどうか迷った。起き上がったら生きていることがバレて、とどめを刺されるかもしれない。誰に？　灰色を踏んだことを咎めるゼツボーの神様に。

　空に向けている横顔を影がなで、一メートルほど離れたところに鳥が舞いおりた。追って少し生臭い風が吹きおろし、薫の前髪をそよがせる。足のクッションを上手に使っておりたその鳥は、カラスだった。頭の先からつま先まで艶々している。よほど手入れがいいのだろう。鋭く逞しいくちばしも黒光りしている。太い爪でアスファルトを引っかいて体をねじりながら近づいてくると、ぬっと顔を突き出した。くちばしが薫の柔らかい頬に触れるか触れないかのギリギリでピタリと止まる。薫の顔を無遠慮に覗きこむ。

　薫はカラスの目を見た。くるりと回る白目のない丸い目。油を注したようなそれが、滑らかな光を発している。カラスが首を傾げた。右に、左に。舌打ち。カラスも舌打ちするのだ。それからガラッパチな声を出した。

『なんダ、まダ死んじゃいねえのか。――あっちはどうかな』

カラスは乗用車のほうへ顔を向ける。『腹減ッタ』
重心を下げ、反動をつけると飛び立った。生臭い風が巻き起こる。糞が薫の鼻先数センチのところにビチャッと落ちた。

飲酒運転だったそうだ。見舞いに来てくれたお母さんの兄である伯父の説明を聞きながら、点滴の袋に気を取られる。栄養剤だという。

薫のケガは、車体に接触して負った脛の骨の小さなひびのほかは、かすり傷と打撲だけだった。真夏日でもお母さんが推奨する長袖長ズボン姿だったから、結果として守られたのだ。

説明し終わると、伯父は伯母を振り返り、また薫を見た。薫をいたわるように、優しい顔をいっそう優しげにする。伯母はフレアスカートの前で手を握り合わせて、眩しいような寂しいような顔で薫を見つめていた。

薫はベッドの上に伸ばした足の上に目を落として、飲酒運転、と口の中で唱える。

肋骨の上を掻く。サラサラしている。汗疹ができてたからパウダーをはたこうね、と看護師が処置してくれた。その際、伯父が看護師に、この子の母親のせいなんですよこの暑いのに長袖長ズボンを着せて……と弁解し、痣を隠すためでしょうね、と看護師が声を潜めた。

薫が伯母に靴の所在を尋ねると、彼女は一瞬言葉に詰まったが、「クルマに轢かれちゃってボロボロだったよ」と言った。

「持って来ようか？」

うん、と答えるべきか、いいや、と答えるべきか、薫は伯母の表情を探る。伯母の目が頬が唇が少しでもヒントをくれないかと神経を集中させる。

伯母の代わりに伯父が、持ってくるよ、と言った。

翌日、伯母はレジ袋に入れて持ってきた。靴の底は剥がれ、踵は割れていた。生地の繊維が髪の毛のように垂れ下がっている。

「タイヤに巻きこまれて引きちぎられてしまったのよ」

伯母は、シンプルに事実を述べた。薫は無意識のうちに手を伸ばしていたが、伯母がわずかに自身へ引き寄せた。

「これ、もうはけないでしょう？」

薫はまた、伯母の表情に注目した。そして、慎重に頷く。

「じゃあもう、捨てちゃってもいい？」

「……どっちでもいいです」

伯母は薫の答えを「捨てて良し」と受け取り、靴をレジ袋に入れると持ち手同士を交差させ、左右に強く引いた。念入りに二回繰り返す。固い結び目に、薫はぼんやりと目を当てた。

毎日見舞いに来る伯父夫婦は、来るたびにほしいものはないか、困ったことはないか、寂しくはないかと案じた。一度、薫はほしいものはないし何も困ってはいないし寂しくはないと答えたら、彼らは心許(こころもと)なげな顔をしたので、どうも答えを間違えたらしいと判断し、二日目からは「ジュースがほしい」「おトイレに行くのが不便」「寂しい」と言うように心がけた。すると伯父夫婦は自分たちの存在を発揮できるとばかりに、張り切ってヤクルトを買ってきて、嬉しそうにトイレにつき添い、明るい面持ちで長い時間そばにいた。

入院して一週間ほど経(た)ったころ、伯母とトイレから戻る途中のことだった。廊下の先から中年の女の人と、少年が連れ立って近づいてくるのが見えた。女の人は、洗濯物が盛り上がったバスケットを提げている。少年は腕を吊(つ)って、頭に包帯を巻いていた。薫よりひどいケガである。足形の所有権を主張した陽太だった。

伯母は足を止めた。相手の女性も立ち止まる。空気が張り詰めた。伯母が深く頭を下げた。相手は冷たい目で薫をちらりと見て、それから伯母に向かって浅く腰を曲げた。

硬い雰囲気のおとなをよそに、薫は陽太に一歩近づく。

「私を助けたこと、言った？」

胸を押したのは陽太だ。そのおかげでクルマの直撃を免れた。陽太は挑むような目つきをした。

「言ってねえよ。かっこ悪ぃじゃん。お前は言ったのかよ」

眉を寄せた陽太は相変わらずケンカ腰。薫は首を横に振った。

「ふん、お前、小島薫ってんだろ。永田小学校の五年生。母さんから聞いたぞ」

薫は縦に首を振った。彼は鼻にしわを寄せてすん、と鳴らし、口の端を吊り上げた。

「チビのくせに五年かよ」

薫は頷いて陽太を見おろした。陽太は肩をそびやかし、こそっと踵を上げる。

おとなたちの話がすんだようで、陽太が呼ばれた。陽太はそびやかした肩を返すと、鼻が悪いのか、すん、すん、と鳴らしながら母親のあとをついて、薫の部屋の斜め前のランドリー室へ入って行った。

薫は彼に「カラスって喋(しゃべ)るって知ってた?」と聞きそびれた。

病室から見える植木にもカラスがやってくる。たいてい『バッカヤローガッ』とか『コンチクショッ』と叫んでうさ晴らしをしている。汚い言葉は気分が塞ぐので、薫は耳を傾けないようにしていた。スズメやシジュウカラの声も届くが、文章にもなっていない上、彼らは群れて、いっせいに喋るのでひとつひとつを判別することは難しかった。たまに朝駆けの数羽が話すのを耳にすれば、スズメは食についてのべつまくなしに喋り、シジュウカラは交尾について雄弁であった。いずれもさほど薫の興味を引くものではなかった。

　鳥の言葉のことは伯父と伯母には黙っていた。話したらまた、眉をひそめられそうな気がしたからだ。

　陽太と再び会ったのは退院する日で、伯父夫婦につき添われて一階上の彼の病室へ行った。彼は薫が先に退院することで屈辱感を覚えたのか、しきりに「お前はせいぜいひびらしいけど、ぼくは折ったんだからぼくのほうが偉いんだ。病室だってお前の上だしな」と繰り返した。彼の母親は呆(あき)れ、伯父夫婦は和やかな笑みを浮かべていた。

　おとながいないところで陽太に、鳥たちが喋る事実について確かめたかったが、どちらもおとながそれぞれにはりついていたので、かなわなかった。

　伯父夫婦が用意してくれた新しいスニーカーは足にぴったりのサイズで、清潔な白色。紐(ひも)も踵も全部白。花嫁さんの色だと思った。

「これでもう脱げないわね」

　伯母は満足げな顔をした。伯父も薫の足元を見て目を細めた。

第一章　リビングが見えない

短大を出た薫は契約社員や派遣社員として働いてきたが、二十五歳の今春、契約更新がなかった。

帰宅した薫は、リビングで料理雑誌を眺めていた母に報告した。

「あらぁ、そうなの。残念だったわね」

これまでにもそういったことがあったため、慣れっこになった母の反応は、飾りに使うパセリを買い忘れた程度。

薫は自分の部屋でスウェットに着替えると、居間に戻ってきた。続きのダイニングキッチンから香ばしい匂いがしてくる。母はテーブルに夕飯を並べていた。

「薫。ご飯にしよう」

薫の帰宅時間はほぼ毎日同じなので、母はそれに合わせて出来上がるように調整している。父は帰りが遅いので、夕飯はたいてい母娘ふたりですます。サワラの西京焼きと、キュウリのなめたけ和え、レンコンのきんぴら。母がご飯を盛って、薫に渡す。盛られたら盛られただけ、薫は食べる。太るも痩せるも、母のさじ加減ひとつである。

「明日ハローワークに行ってくる」

薫と同じように、手続きのための書類を渡されたほかの面々は、直談判して契約を更新させた。結局、唯々諾々と辞めたのは薫だけだった。

「お前は不要」と見限られたのを覆してまで仕事にしがみつこうという意欲が、薫には決定的に欠如していた。欠如したまま、薫は両親に感謝する。家にいさせてもらえることに。食べさせてもらえることに。薫は感謝だけをする。

朝八時になると、本町通りにある自宅から徒歩十分のハローワークに通う日々が始まった。

ハローワークの正面玄関の前には、ベンチと植木がある。木の根元に小さな看板が立っていて、町内の幼稚園のイベントで植樹されたと書いてあった。植木はまだ細い。添え木がしてある。薫はそばのベンチに腰かける。

街灯の上で二羽のカラスが何か喋っていた。

『ここはいつも繁盛してる』

『ここには何があるんダ』

薫は今しがた出てきた自動ドアを見やる。ほっとした顔で出てくる人、落ちこんだ顔で入っていく人。険しい顔で出てくる人、緊張した顔で入っていく人。自分は今どういう顔をしているのだろう。

『おい、あそこに座っている娘はオレタチの言葉が分かってるかもしれない』

カラスの声に、薫は自動ドアから、二羽へと顔を向けた。カラスが薫を見おろしている。薫が静かに見つめると、二羽はくいっくいっとぎこちなく首を捻(ひね)り、同時に目を逸(そ)らした。薫はしばらくの間、ちらちらとこっちを見る二羽を見上げていたが、やがて腰を上げてその場を後にした。

寄り道せずまっすぐに帰宅し、パートに出ている母が冷蔵庫に張り出したいくつかの用事を上から順にこなす。退屈することはないし、将来を悲観することも不安になることもない。与えられたことを淡々とこなしていく。そこに感情が入る余地はない。

一週間ほど経ったその日も、ハローワークのベンチに座って、薫は足元に集まるスズメの訴えに耳を傾けていた。

あんたただ座ってないで何かおくれ食べても食べても腹が減るんだよ人間なら捨てるほど仰山食べ物持ってんだろアホ面下げて見てんじゃないよたかが人間の分際でアタシらを馬鹿

にしようってのかい羽もないくせに悔しかったら飛んでみろってんだえっ聞こえてんだろアタシたちゃお見通しなんだからねっ。

喋りまくっていたスズメが、出し抜けに、チリをまき散らして羽ばたいた。薫は目で追う。


「こんにちは」

背後から軽い調子で声をかけられて、薫が振り返ると白のカットソーにネイビーのジャケットを羽織り、黒のスキニーパンツをはいた細身の男が、口の端を吊り上げて立っていた。

「仕事やりませんか？　探してるんでしょ？」


男はハローワークの向かいにある喫茶店へ薫を誘った。

薫が男性と喫茶店に入ったのは、派遣先の男性とつき合っていたとき以来である。その彼とは派遣先が変わったらいつの間にか終わった。二年前のことである。それ以降、喫茶店に入ったことはない。

店員が注文を取りに来た。男に、なんでも好きなものをどうぞと勧められたが、薫はたくさんの選択肢に途方に暮れてメニューを見おろすばかり。自分で選ぶことほど苦手なものはない。待たされている店員が見かねて「コロンビアとキリマンジャロのブレンド珈琲がおいしいですよ」とオススメしてくれた。薫は渡りに船とばかりに「じゃあ、それをお願いします」と頼んだ。

「ホットとアイス、どちらになさいますか？」

「どっちでもいいです」

男が吹いた。店員が顔を引きつらせる。

「ホットのほうが香りが立ちますよ？」

「じゃあ、そっちで」

男はガス入りの水を注文したあと、薫をまじまじと見た。

「どっちでもいいって言った人、私、今までにひとりしか見たことないですよ。あなたがふたり目」

薫は、どう受け止めればいいのか見当がつかなかったのでとりあえず、愛想笑いを浮かべてみたが、男はどうでもいいようだった。

「私ね」

と、彼はテーブルの上に肘をのせて手を組み、身を乗り出した。

「ここからハローワークに出入りしてる人たちを眺めてたんです」

彼はいい具合に空いている店内へ視線を巡らせる。四人がけのテーブル席をひとり占めている男性や女性が、パソコンやスマホを操作しながらハローワークをチラチラ見やっていた。

「あなたここ一週間、毎日のように通ってきてますよね。毎日同じ時間。服装も化粧も無難。真面目だなあと感心してました」

口を大きく開けてハキハキ喋る。表情はよく動き、身振りは大きい。ジャケットの胸ポケットから、使いこまれた艶のある革の名刺入れを取り出すと、一枚抜いてテーブルに置いた。

「あ、遅くなりましたが、私こういう者です」

薫は両手を腿の上に押しつけたまま、名刺を覗きこむ。

『ペットシッター　ちいさなあしあと　代表　斉藤陽太』

動物の足跡が波状に型押しされている。上品な名刺だ。

薫は顔を上げた。それを待って男は語り出す。

「ペットシッターなんだけど、私のとこはほかとちょっと違ってて、まあシッターの仕事もするにはするんですけど、私たちは原則として死にかけのペットのみ引き受ける。老衰とか、治る見こみのない病気の動物とか。時間働きでね。一時間二千円。良心的でしょ。あ、そんな難しい顔しないで。別に介護に重点を置いてるわけじゃないんだ。看取りっていうの？　そういうのやってるの。忙しくてペットの死に際を待ってられない人たちのための代行業。ほら、いつ死ぬか分かんないでしょ。ずっとそばで見張ってるわけにいかないし。出張だの帰省だの訳あってどうしても家にいられないって人がうちのお客さん。帰ってきたらペットが死んでて蛆がわいてたとか、そういうのを防ぐ仕事」

喋るうちに口調も言葉も軽くなっていく。額にある小さな傷がよく動く。分かる？　と眉を上げ小首を傾げて確認された。目頭から目尻に至る隅々まで力が行き渡っている。薫は頷いた。

「結構需要があるんだ。みんな自分で飼っているペットの最期も看取れないほど忙しいらしくてね、こういうのが仕事として成立するって、いい時代だよ、ははっ」

動物病院が休診のときは特に需要が増えると、口の両端に細いしわを刻む。薫も彼に合わせて笑ってみせた。

そして社長名を読み上げる。

「斉藤陽太さん」

「はい」

「私、小島薫です」

「あ、よろしくね。それでうちの社……と言っても従業員は私とあともうひとりだけなんだ。君が入ってくれたら三人になるってわけ。ま、詳しいことは社で話したいと思ってるんだけど、今日これからどうかな」

ガス入りウォーターに口をつける。薫も倣って珈琲を飲む。

「予定ある？」

あると言えばあるし、ないと言えばない。はっきりと返事をしない薫の様子に頓着することなく斉藤陽太は続ける。

「小島さんペット飼ってる？」

「いいえ」

「そりゃ大歓迎。ペット飼ってると感情移入しちゃってなかなか勤まらないんだ。ちなみに動物は好き？」

「どっちでも……」

斉藤陽太はまた吹いた。

「うん、オッケーオッケー」

上機嫌だ。

「あの、私小島薫って言うのですが」

「あ、それはもう聞いた」

口元をペーパーナプキンで拭う斉藤陽太がぴたりと固まり、視線を上げる。息を詰めて薫を凝視したまま額の傷に手をやった。えええっと目を丸くして薫を指す。

「事故！　小学生のときのっ」


喫茶店を出た斉藤陽太は、裏の駐車場に停めてあるオリーブ色の小型乗用車に足を向けた。助手席のドアを開けて乗車を促す。

「かわいいでしょこのクルマ。パオって言うんだ。古いから慎重に扱わないといけないんだけどさ」

斉藤陽太は得意げである。そういうところに幼い頃の性質が残っているようだ。事務所に向かう十分ほどの道中、彼はこれまでのことを話した。大学在学中にペットシッターのバイトをしてノウハウを学んだのだそうだ。卒業後、シッターの会社を立ち上げた。

「高価な道具が必要な仕事じゃないから」資金はそんなにかからなかったという。

「君、あれからどうしたの」

陽太は早口だ。一方の薫はおっとりしている。リズムが違うので会話はちぐはぐな雰囲気になる。

「引っ越して転校しました。短大を出ていくつかの会社で非正規社員として働きました」

「あ〜、ヘーボンの極致」

車内で採用が決まった。履歴書はあとでいいと言う。薫の意向についてはほとんど聞かれなかった。聞かれても薫としては口ごもってしまうのだから、どんどん話を進めてもらえるのはかえって楽だ。

事務所は盛岡駅の北側に位置する四階建ての雑居ビルに入っていた。エレベーターはなく、三階までコンクリート剥き出しの狭い階段を上がる。上がったところにあるガラスの扉に「ペットシッター　ちいさなあしあと」という真鍮(しんちゅう)のプレートが掲げられていた。

中は全体で五十平米ぐらいだろうか。

左手にミニキッチンがある。壁や床の白さが映える室内には観葉植物の鉢植え、真ん中に応接セット、低いキャビネット、その奥で小太りの男性がノートパソコンに向かっていた。見通しが利くので初めて来た薫でも無駄に緊張せずにすみそうだ。

「うぃーっす」

陽太が声をかけると、縁なしの眼鏡をかけた男性が顔を向け、にこりとした。

「おかえり」

色白、肌艶がいい。団子っ鼻で愛嬌(あいきょう)がある。

「これ、従業員の柚子川栄輔。柚子川、こっちは小島薫、さん。ハローワークで拾ってきた」

へえ、と柚子川栄輔は眉を上げた。そうすると眼鏡も持ち上がる。同年代に見えた。

「初めまして、柚子川です」

「初めまして、小島です。よろしくお願いいたします」

「こちらこそよろしくです」

柚子川が立ち上がって右手を差し出す。傷がたくさんついている。薫は手をそっと重ねた。

「若いですね、いくつですか？」

柚子川が尋ねる。

「二十五です」

「社長の一個上か。オレは三十です」

「お若いですね」

「よく言われます。とっちゃんぼうやって」

薫は頷いた。

「あ、否定してくれないんですね」

薫は見上げて瞬（まばた）きした。柚子川は顎を引く。予定していた反応と違ったようだ。

「柚子川さんはとっちゃんぼうやじゃないですよ」

否定を期待されたようなので、薫は生真面目に打ち消したのだが、相手は指輪のはまった左手で頭を掻き、助けを求めるように陽太を見やった。陽太は気づかず、窓を背にした机の前の椅子の背もたれにジャケットをかけ「適当に座って」と応接ソファーを指す。窓の横にあるスチール製のキャビネットから青いチューブファイルを一冊取り出してこちらにやってきた。柚子川が出入り口付近のキッチンへ向かい、二ドアの冷蔵庫を開ける。ペットボトルを二本取り出した。

「小島さん、炭酸水とお茶とどっちがいいですか？」

「……どっちでもいいです」

「そう？」

柚子川はお茶を薫の前に置くと、炭酸水をその向かいの席の前に置いてデスクに戻った。

薫の前に座った陽太は口を尖らせる。

「ええ〜、オレさっきガス入り飲んだばっかなんだよ。お茶がいいよ」

「私」が「オレ」になっている。そういうの、使い分けができるほどにおとなになったのか、と薫は感じ入った。

「我儘言わないの。人のもん、ほしがるんじゃありません」

「あのこれ、どうぞ」

薫はお茶を差し出した。

「ありがとう」

陽太は遠慮も憚りも屈託もなく簡単に交換した。柚子川が呆れ、ごめんね、と指先を合わせて薫に詫びる。薫は首を横に振った。

陽太はお茶を一口飲むと、ファイルを開いて薫に向ける。見開き左のページを示した。目を閉じて横たわる茶色の短毛種の犬の写真だ。敷いているタオルは糸が飛び出し、しみで汚れている。ドッグフードなのか糞なのか茶色い固形のものが散らばっていた。毛並みは悪くずいぶん痩せて、一本二本と指でたどって数えられるほどアバラが浮き出ている。腰骨の形も明白で、まるで張り子のようだ。足は冬枯れの枝のように細く、芯まで乾燥しているように見える。頭にはかさぶたができ、口は半開き、舌がだらりとはみ出しており、目やにが固まっていた。

「年をとるとこんな感じ。この犬は十七歳。超ご長寿だよ。ボケちゃって夜鳴きがひどかった。飼い主さんが不眠になっちゃってせめて一週間に一度はちゃんと寝たいっていうご希望で、その間オレらが交代でこのお宅を訪問してケアした。歩き回ってガッツンガッツン家具にぶつかるもんだから、頭の毛が抜けちゃって血だらけになるし、訳もなく嚙みついてくるし、吠えるし、疲れるまでぐるぐる回って、なあ？」

　柚子川に話を向ける。柚子川は陽太に頷き、薫に向き直った。

「飼い主も大変だったろうけど、一番辛かったのはこの子です。ケガ防止のために許可を得て家具の角にエアクッションを貼らせてもらったんです。夜鳴きや徘徊に関しては、そばについていても声をかけても収まらなくて、怖かったんでしょうね。——結局この子が疲れるまで見守るしか、ぼくたちにできることはありませんでした」

「仕事終わって外に出たら近所のやつに水ぶっかけられたよな。鳴き声がうるせぇって」

　陽太が明るく笑う。柚子川はやるせなさそうに首を横に振った。

「しょうがないんですけどね、年をとるってことは」

「ボケるまで長生きしたことは大したもんだろ」

「長生きも良し悪しだよ」

「そこは良いってことでいいべ」

　ふたりの手の甲には無数の傷がある。さっき嚙まれたばかりのような新しい傷の下に、縫われた古い傷。ふたりの手には同じ数だけ同じような傷がある。薫は無意識に肩をかいた。

　写真の右側には犬の名前、年齢、雌雄の別、死亡年月日と時間、死に様が書きこまれてある。苦しんだとか、眠るように死んだとか、吠えたとか、鳴いたとか。隣のページでは色とりどりの花に埋もれて目やにもなく毛艶の良くなった犬が口を閉じて横たわっている。

「こっちがビフォー、こっちがアフター」

陽太が薄汚れて惨めったらしい死体と、豪奢な花に囲まれて毛艶の映える死体を指す。

「同じ犬ですか」

「そう。この二枚を依頼主に送るわけ。花とか棺とかは三つのコースから選べる」

「陽太はすごいんですよ」

デスクから柚子川が口を挟む。

「一目見てその子がいつ亡くなるかってことが分かるんです」

「だから無駄に長くその場に陣取っていなくていいし、依頼主の経済的負担も最小限に抑えられてんの。オレら良心的な商売やってんのよ」

ふたりとも朗らかだ。その顔に、いくつものＬＥＤ照明の光が反射している。テーブルも壁も白いので、この事務所はやたら明るい。

「ということで、最初のお客さんとこ、行こっか」

陽太がファイルを閉じた。

茜色（あかね）の空の下を薫は陽太の運転するパオで帰ってきた。家の前に停めると、陽太が助手席に顔を向ける。

「今日見学してみて、どう？　やれそう？」

薫は運転席に顔を向ける。

返答に困ったような顔をしたのだろう、陽太は「あ、聞いてもどっちでもいいって言う？　判断できないか。じゃあ、この仕事平気？　これくらいは聞いてもいいでしょ」

薫は、平気だと思う、と頷いた。

「そ、よかった。じゃ明日からよろしく。明日は九時に迎えに来るから。今日は初日で疲れたと思う。ゆっくり休んでください」

最後だけ社長らしいことを言った。

薫はパオが見えなくなるまで見送ってから玄関のドアを開けた。

カレーのスパイシーな香りに包まれる。ダイニングから母が顔を覗かせた。

「あらおかえり。どこ行ってたの？」

靴を脱ぐ。

「ただいま。ごめんなさい、用事片づけられなくて」

「そんなことどうだっていいわよぉ」

薫が謝ると、母はいつも少し罰が悪そうな顔をする。薫は話題を変えた。

「仕事決まったよ」

「え？　もう決まったの？　おめでとう」

母が顔を明るくして近づいてきた。右手にカレーのついたおたまを握っている。すぐにその眉がひそめられた。

「……その上着、何？」

薫が着ているのは、ポケットが四つついたモスグリーンの作業着だ。事務所から現場へ向かうことになったために陽太の予備を借りた。裾は腿の真ん中まで届くし、袖は三回折り上げねばならなかった。

「仕事着」

「やだ、汚れてるじゃない。しかもちょっと臭うわ」

母が鼻の下に拳をあてがう。

「犬のうんちがついてるかもしれない」

母は手に持つおたまを一瞥した。薫は家に上がる前に靴下も脱いで丸める。記憶にはないが、踏んだかもしれないから。

母は脱衣所へ向かう薫についてきて「犬？　うんち？　何で？」と尋ね、薫が脱衣所に引っこんでも、廊下から引き戸越しに質問攻めにした。

「何してきたの？　何の仕事なの？　社長さんはいくつぐらいの何ていう人？」

　そのひとつひとつに、服を脱ぎながら丁寧に答えていく。

「ペットのシッターの仕事で、『ちいさなあしあと』っていう会社。社長さんは斉藤陽太さん。覚えてる？　小学校のときに一緒に事故に遭った子。その子が立ち上げたの。え？　二十四歳。うん、立派だよね。うーん、やっていけるかどうかは分からないけど。私が加わってくれて助かるって言ってもらえた」

　母は、まあ、とか、偶然ね、とか、それはよかったわねえ、などと相槌を打ちながら、いつもより何倍も饒舌な娘に舞い上がっている。どこのどんな仕事をしようがその件についてはひとまず置いておいて、まずは娘がよく喋ること、その一点が何より嬉しいようだ。

「就職が決まったのなら何かお祝いしなきゃ。カレーじゃ、ちょっと物足りないわよね」

「そんなことないよ。カレーで十分」

　薫は自分のことで祝ってほしいなんて思ったことはない。

　シャワーを浴びて出てくるまで、母は廊下にいた。

　その夜のカレーは炭化してしまい、食べられなかったが、たまたま早く帰ってきた父も交えた夕食の席で、両親は幸せそうにカップ麺を啜っていた。薫は、幸せそうにしていてくれる両親に、感謝する。

ベッドに入った薫は一日を振り返った。

事務所での面接のあと、仕事を見せるというので、薫は陽太が運転するクルマに柚子川と乗った。

事前打ち合せは陽太だけで行なってきたので、柚子川にとってもこの日が初見とのことだった。

ここに来るまでに車内で陽太からもたらされた情報によると、依頼人は三人家族。肴町（さかなちょう）の最近できたばかりの大きなマンションに住んでいる。三十代半ばの父母と、小学五年生の娘。

対象はクリーム色のラブラドールレトリーバー。ライアという名前の雌。十五歳。人で言うと九十歳以上に当たるという。仙北町（せんぼくちょう）にあるショッピングセンター「ニオン」内のペットショップから買ってきたのだそうだ。

薫らはエレベーターで十階まで上がった。出迎えたのは女性。依頼人・青葉（あおば）氏の妻である。専業主婦。きれいに化粧をし、ミモレ丈の上品なワンピースに薄手のカーディガンを羽織っていた。

「いらっしゃい」

にこやかである。

「こんにちは。ペットシッターちいさなあしあとです」

陽太と柚子川が頭を下げる。その後ろで薫も頭を下げた。

奥から女性と同年代に見える男性がやってきた。

「いらっしゃい。お待ちしておりました」

腹から出される張りのある声は、歯切れがいい。仕立てのいいシャツにしわの一本もないパンツを身につけていた。

父親が足元に目を落とした。鏡のように磨き上げられた大理石を模したたたきの一角が柵で囲われている。据えつけの下駄箱と傘立ての隙間に、捻(ね)じこまれるようにして、大型犬が横たわっていた。知らない連中が押しかけたにもかかわらず、ライアの反応ははかばかしくない。腹だけがささやかに上下運動を繰り返して、生きていることを唯一表している。

玄関は常に人が行き来し、寒暖の差も激しい。敷いている薄いタオルケットは泥を吸いこみ、何の汚れなのかしみが広がって、穴が開いている。ほつれた糸に犬の爪が引っかかっていた。取ろうとする意欲もないらしく、引っかかったままになって、足首がぐんにゃり曲がっている。艶もなく黄ばんだ毛並み。綺麗なのは、COACHの首輪のエンブレムのみ。

ひどいな、と柚子川が呻いたのが、薫の耳に届いた。

「昨日……あ、一昨日からだったかな、水を飲まなくなったのは。えさに至っては、一週間ほどになりますか、食べてませんね。でも丈夫なもんです、なかなか死なないんですから」

父親が仕事のプレゼンをするようにてきぱきと説明する。少し迷惑そうに。上背がある人が姿勢もよく堂々としているので、薫は圧倒される。

三人はリビングに通された。ソファーに横並びに座ると、目の前には娘がすでに腰かけていて、引き上げた片足を抱え、ガムを噛みながら熱心にスマホをいじっていた。陽太がこんにちはと感じのいい営業用の挨拶をしても顔すら上げない。両親はそんな娘を愛おしげに眺める。

「この子は、赤ちゃんのころからずーっとライアと一緒なんです」

母親は少女の頭を優しくなでる。少女は反応しない。手のひらサイズの世界に没頭していて、その外で何が行われていようと、興味を持たないようだ。

母親がお茶を出す。

ライアをペットショップから買ってきた当初、子どものいない夫婦はとてもかわいがったのだという。リビングの一角にケージを設け、ライア中心の生活だった。ライアがやってきて三年経って夫人が妊娠。翌年、娘が生まれた。夫婦の興味は赤ん坊に移り、動物は衛生上よくないからとライアは玄関に押しやられた。

「仔犬のころはとってもかわいかったんですけどね……あんなに大きくなるとは想定外でした」と、夫婦はため息とともに苦笑いする。

「ここからじゃ、玄関は遠いですね」

柚子川が、扉で隔てられた玄関へ顔を向けた。ライアから家族の姿は見えない。

「あなたたちのような業者が存在してくれて助かりますよほんと。この子に動物が死んでいくところを見せたくないのでね」

ははは、と父親が腹から笑う。笑い声が薫の内臓に暴力的に響く。朗らかな両親と、スマホから顔を上げない娘。柚子川が歯軋(はぎし)りして身じろぎし、薫は扉に隔てられた玄関に意識を向ける。

「そう言っていただけるとこちらとしても光栄です。お役に立ちたい気持ちでいっぱいですので」

陽太が太陽のような笑みを浮かべ、大げさに同調する。

母親が娘の肩を抱き、おぞましいものを忌み嫌うような顔つきをした。

「テレビの野生動物のドキュメンタリー番組もうちでは見せないように気をつけているんですよ。あれは残酷ですから子どもにはよくありません」

「お子様には生き物が死ぬところなんてショックが大きすぎます。見せてはいけませんよ絶対。トラウマになるかもしれません」

「トラウマはいけないわ。この子には健やかにまっすぐ育ってほしいので」

少女は、スマホから目を離すことのないまま口からガムをつまみ出すと、テーブルに擦りつけた。薫は歯形がついたガムを眺める。薫の隣で柚子川が舌打ちした。母親は慣れた手つきでガムをティッシュで取る。

「まぁだ？」

その少女が声を発した。平べったい。べた足で踏みつけるような口ぶりだ。薫はなぜか足に合わない大きすぎる靴でべたべた歩いていたころの自分を思い出した。

「飽きたよぉ。早くニオンに行こう」

ソファーに引き上げた足のつま先をパタパタさせる。両親は娘が言い出すのを待っていたかのように腰を上げた。

「そうしましたら先日うかがったとおり、我々は時間まで出ていますのでよろしくお願いします」

「お任せください。こちらは首尾よく、しま……」

おもねる陽太は、始末、と口に出しそうになったのを柚子川に睨まれて「ライアちゃんを最高の状態でお見送りいたしますので」と殊勝な顔つきで言い換えた。

　三人が出ていくと、部屋は静まり返った。

「買い物とかって……」

　柚子川の白い顔が赤くなっている。

「行け行け。誰かに居残られると気ぃ遣うから、かえって助かるってもんだ」

　陽太は両腕を突き上げて伸びをすると、胸ポケットから平たい容器を出して、天井を仰ぎザラザラと口に落とした。フリスクのようだ。ガリガリと齧（かじ）る。「食う？」柚子川に勧めるが、「要らない。陽太、それ食べすぎると胃ぃ壊すって言ってるでしょ」と苦言を呈された。

「薫は？」

　黒いケースを振る。薫は下の名前を呼ばれてびっくりした。これまで職場において「おい」だの「派遣」だのと呼ばれることはあっても、名前を呼ばれたことはただの一度もなかったからだ。そうか、今度の職場では名前を呼ばれるのだな、としっかりと心に刻む。薫は柚子川に倣って「いいえ」と答えた。

「ぼく、クルマから花とかドライアイスとか持ってきます」

　柚子川が意外と俊敏な動きでリビングを出ていく。玄関でライアに声をかけるのが聞こえた。

薫もライアの元へ行った。ケージの前にしゃがみこむ。ライアは剥製よりも「死んでいるもの」っぽい。うっすらと目を開けた。片目に靄がかかっている。薫と目を合わせてくる。薫は目を逸らさない。隣に、陽太が立った。

どこ、とライアに聞かれた。薫は答えず、たたきに座ると膝を抱えた。青葉一家はライアに行き先を告げずに出ていったようだ。

どこ？　またライアが尋ねる。非常に弱々しい声で、聞き取り辛い。ライアの目玉がゆっくりと動く。けれど探しているものを見つけられず、白濁した目を黒い失望が覆う。頭を起こそうともがくが、その力すらもうないようだ。震えながら渾身の力で鼻を上に向け、もはや自分だけが家族と思っている、三人の匂いを嗅ぎ取ろうと試みる。

どこ？

優しい穏やかな声。動物と会話をしたことのない薫は沈黙を守っている。ライアは、薫が言葉を理解できることに気づいておらず、返事は期待していないようだが、人に話しかけることは日常のことなのだろう。

ライアの前足が水を掻くように動く。タオルケットが手繰り寄せられる。どうすべきか、薫は傍らの陽太を見上げる。陽太はポケットに手を突っこんだままほとんど何の感情もない目でライアを見おろしている。薫がライアに顔を戻すと、ライアは身じろぎして鼻を薫のほうへと伸ばした。擦り切れたタオルケットがめくれ、大理石が露になる。このたたきは冷たい、と薫は思う。

薫はケージの隙間から右手を差し入れた。柵も冷たく硬い。ライアは鼻を寄せてくる。前足が滑る。よそよそしい大理石風の床は滑りやすく、踏ん張ることができない。ライアの鼻の頭に指先が触れる。温かくて乾いていた。だがそのぬくもりも「今のところ」というだけ。

柚子川が道具一式を担いで戻ってきた。

「病院へ入院させるということはしないのでしょうか」

薫は客の行動について尋ねた。このような状態になったら、そうするのが一般的なんじゃないだろうかと思ったからだ。

「病気というわけじゃないしね。それに、病気だったとしても、この近辺の病院はいつも満員だし、基本、治る見こみのある動物しか入院させてくれませんから」

病院へ連れていこうにもクルマを所有していないがゆえに、大型犬をタクシーに乗せようとして断られた人、体力的に世話ができなくなった人、ペットがクルマ酔いするため連れていけない人、そういうもろもろの事情がペットシッターを求めることになる。

柚子川が廊下に道具を広げていく。

「ペットホテルもありませんし。預け先がないとぼくたちのようなところに尻を持ち込みます」

「それにうちはほかのシッターより良心的な価格でやってっから」

陽太が、第一、と続ける。

「病院に連れてったら生きるかもしんねーだろ」

薫は陽太を見た。柚子川が「陽太」と咎める。

「オレの考えじゃねえよ。客の考えだ」

ライアの息が上がってくる。薫はじっと見つめる。陽太もまた見おろしている。

棺桶(かんおけ)を組み立てていた柚子川が肩をすくめた。

「気持ち悪かったですよね、あの人たち」

薫が不思議に思って柚子川を見やる。

「だってそうでしょう。十五年も飼い続けていた犬が死のうって時にあんなににこやかにしてるんすよ。他人に看取らせて自分ら買い物に行くとか、ちょっと考えられないですよ」

「それゆうなってー」

陽太が腰をおろし、スマホを取り出した。柚子川は構わず続ける。

「あの隙のない身なり。張り切ってましたね。いったいいつから着替えて準備万端、ぼくたちを待ってたんでしょう。野生動物のドキュメンタリーは見せないように気をつけてますって、は？　なんですかそれ。気をつけるところが違うだろって」

柚子川の批判と愚痴を聞きながら、薫はスマホをいじっている陽太から指示をもらってペットシーツを広げる。棺桶に敷くのである。花を整える。

自分の目の前で他人によって自分の死が着々と確立されていくのを、ライアは認識しているのか、薫はライアに問うことはない。——死に待ちされているのが分かりますか、と。

またライアが、どこ？　と聞く。さっきからそれしか口に出さない。ラブラドールは賢いと聞く。それなのに、その一点張りは、それ以外の疑問がないからなのだろうか、それともそれ以外に意識に上らせることがもう不可能だからなのだろうか。

棺に白いタオルを敷く。棺は一番いい檜材。タオルは一般的なもの。

後始末のコースは「あやめ」「ききょう」「すみれ」と選べる。「あやめ」であれば檜とシルク、花は十数種類。「ききょう」が桐とシルクを模したナイロン布。花は「あやめ」の八割。「すみれ」は棺が杉、敷き布はタオルで、花は菊のみ。青葉家は変則的な注文だったそうだ。父親は「花と死体でどうせ布なんか娘に見えないのだからどんな物だっていい」と言い切った。その代わり見える部分の棺や花は「あやめ」コース。

「そろそろだな」

ライアから視線を外し、陽太が呟く。柚子川が深いため息をついた。薫は棺を整える手を止めてライアに注目した。ライアと目が合う。ライアの声が聞こえた。落ち着いた口調だ。ライアの腹が大きく膨らむ。ゆっくりしぼんでいくのに引きずられるように、上を向けて家族の匂いを辿り、気配を探してついにつかめなかった鼻先が落ちていく。しみだらけの擦り切れたタオルケットに頭が付き、目から意思が失われていく。

目を閉じるまで力が持たなかったのだろう半分開いたまま、ライアは動かなくなった。

静かだった。

あの事故のときと同じように、耳が聞こえなくなったように静かだった。

ギリギリまで家族を探していたライアだったが、求めている者たちが現れるのはライアが死んでからと決められていた。

柚子川が柵を外していく。薫も手伝った。陽太がスマホで写真を撮る。シャッター音は無粋で、乱暴に鼓膜を震わせる。柚子川は顔を伏せ、ドライアイスの入っていた空のボックスを抱えて出ていった。

「柚子川って変わってるだろ」

画面で写真の出来をチェックしながら、陽太が口を開く。

「あいつ、大の動物好きのくせしてオレんとこに就職したんだ。耐えられんのかって懸念してたけど辞めねえんだもんな。『看取ってもらえないペットを、ぼくが看取ってやらなきゃ』とかなんとかつって。責任感？　義侠心？　よく分かんねえけど。そーゆーの持ってるやつっているんだな」

スマホを置いて、陽太は軍手を薫に渡し、「頭持って」と指示し、ふたりでライアの体を棺桶に移した。軍手越しにライアのぬくもりが伝わってくる。

「軍手使うと、柚子川のやつ『汚物じゃないんだから』って渋い顔するからあいつがいるときは素手でやって」「はい」「ドライアイス気をつけて」「はい」

ドライアイスを隠すようにして死体の周りを花で埋めていると、目の縁と鼻を赤くした柚子川が戻ってきた。ライアが敷いていたタオルケットをゴミ袋に入れる。ゴミの回収もオプションだ。プラスチックのえさ入れには古いえさがこびりつき、さらにそこに新たに加えられたものも乾燥して白っぽくなっている。毛が浮かび砂が沈殿している水入れの水を捨て、器も回収する。とにかくすっかり綺麗にしてくれという依頼だった。

「業者って言ったよね」

柚子川の声が掠れている。

「誰が」

「青葉氏。ぼくたちのような業者がいて助かるって」

「ありがてぇことでぇございます」

「『産廃業者』って言うのと同じに聞こえた」

フン、と陽太が笑う。どういう笑いなのか薫には見当もつかない。

ライアが横たわっていた場所に手を置くと、まだぬくかった。

「もうすぐ死ぬって、どうやって知るんですか？」

不思議に思った薫は尋ねる。動物の言葉が分かる、という自分のことは頭にない。

「匂い。小学生の時の事故以来、死期が分かるようになっちゃってさ。百発百中。最初、そのことに気づいたのは、入院中。談話室に入ってきたおじさんが、嗅いだことのない強烈な匂いをしてた。でも談話室にいた他の患者も、おじさんと連れ立ってやってきた二、三人の患者も平気な顔してるんだ。おじさんとにこやかに話してて。で、二日後だったかな、談話室に匂ったおじさんの姿がなくて、連れ立っていた患者同士が、あの匂っていたおじさんが死んだって、話してた。その話をしてる患者も臭かった。前日は、何の匂いもしなかったのに、いきなり匂い始めた。そしたら、何日かしてそのおじさんだけ姿が見えなくなった。談話室にやってきたおじさんの仲間の患者に尋ねたら、死んだって」

薫は柚子川をちらりと見た。柚子川は肩をすくめた。陽太が続ける。

「退院して、家に帰って来たじゃん。したら、隣の庭から強い匂いが流れてきて、顔を向けたら庭の手入れをしていた隣んちの親父がいた。死んでった患者たちと同じ匂いだって気づいた。その二日か三日後だったかな、隣んちから葬式が出た。もちろん、親父だ。そのうちに匂いの強弱で死期が図れるようになった。通学路にいる犬、いつも水を撒いているばあさん。死は至る所にある」

「陽太は健康診断に行くとき、鼻栓とマスクが欠かせません」

「しょうもねえ能力だなあってうんざりしてたけど、こんなんでも商売になるっつーんだからありがたい世の中だよな」

陽太はスマホを耳に当て立ち上がった。あどうもペットシッターちいさなあしあとです。ええ、たった今お亡くなりになりました。はいすませております。お待ちしております宜しくお願いいします。

薫はライアの半開きの目を見つめる。

柚子川が葬式饅頭(まんじゅう)のような手でその目を閉じた。ウェットティッシュで顔を拭いてやる。目やにを取り、舌を口中にしまって綿を詰めて閉じる。

「これで体を拭いて、その後ブラッシングしてください」

柚子川がビニールに入ったおしぼりをいくつかと、ブタ毛のブラシを薫に手渡した。頭から背中へと拭いていく。

「爪切りにもつれてってやってなかったんだな……」

柚子川が、伸びて湾曲している爪を切る。硬いのか、爪切りを握る手の甲が青白くなる。パチン、パチン、と一定のリズムで切られていく音を聞きながら、薫は尾を持ち上げてお尻の穴を拭く。陽太がその様子をちらりと見て、真綿を渡す。「これ穴に押しこめ」「はい」

薫は淡々と作業する。お尻の穴も温かい。

「まだあったかいですよね」

柚子川が言う。

「冷えていくのに従ってゆっくり死んでいくんですよね」

「ゆっくり死んでいくんですか」

「なんて言うか、このぬくもりがあるうちはまだ生きているように錯覚してしまいませんか？　ぼくのイメージとしては例えば、意識はぶつりと消えないような気がするんです。意識がフェードアウトする速さと体が冷えていく速度は比例していて、体が完全に冷たくなったときに、本当に死んじゃったんだって考えてるんです」

死んだことねえくせに、と陽太が茶々を入れ、柚子川が想像力だよ、とむくれる。

尻の穴は綿を押し返してくるが、ギュウギュウと詰めた。尾の先まで拭い、ブラッシングすると毛はふんわりと膨らみ、見栄えがした。

玄関ドアを開けて、カラスの鳴き声を聞きながら、たたきを雑巾で拭く。ライアが横たわっていた部分は冷たくなり、そこには初めから何もなかったようになった。

間もなく家族三人が帰ってきた。

父親は幅が五十センチほどのバスケットを提げている。母親はホームセンターのロゴが入ったレジ袋。半透明のその中には、陶製の器や缶詰が透けていた。

バスケットから覗いた黒い鼻先が、くんくんと鳴く。

廊下の隅に寄せられた棺を一瞥すると、やあやあ、ご苦労様、と夫婦はさっぱりした顔をほころばせた。見た目にも態度にも品があり、柔和で、人格者のように見えるのにどこかちぐはぐだと薫は感じる。だが、そういった違和感は顔にも態度にも表れることはない。

「それは……なんですか」

柚子川がバスケットを凝視して固まっている。

「ああ、これですね」

母親は言いたくてうずうずしていたのだろう、若干身を乗り出して説明しようとしたのを、父親が遮る。「とりあえず、ここじゃなんですからリビングに」

ちいさなあしあとメンバーはリビングに通され、ソファーに横並びに腰をおろした。青葉夫妻が正面に座る。娘はリビングに入らず、玄関とリビングの途中にあるトイレに入った。

ニオンで買ってきたという玉露と羊羹(ようかん)が供されたテーブルの上に、でん、と置かれたバスケットのふたを、夫婦はケーキ入刀のように一緒に開ける。

ねずみより一回りほど大きい犬が横座りしていた。顔を上げてあくびをする。薄くてピンク色の舌がくねる。歯はまだない。チワワの仔犬だった。

「やっぱり仔犬はかわいいわぁ。見たらほしくなっちゃって」

奥さんはすくい上げて胸に抱き、頬ずりした。つぶらな瞳の仔犬は壊れそうなほど震えている。

「娘ももう赤ちゃんじゃなくなったわけですから、衛生上のことはそれほど神経質に考えなくてもいいですしね。チワワならおとなになっても小さいままだし」

夫が言い訳がましい理屈を並べる。陽太は笑みで彼らに同調し、柚子川は顔を強張(こわば)らせている。

薫は立ち上がった。その場にいる全員が薫を見上げる。薫は「すみません、ちょっと中座します」と断ってリビングの扉を開けた。玄関が見える。廊下にひっそりと棺がある。リビングの扉を閉めた。

棺がまとう空気は独特だ。薫は棺を開ける。

背後のトイレから水を流す音が聞こえた。陽太の「もしお知り合いで御用がある方がいらっしゃったら、そのときはぜひとも当社をご紹介くだされればありがたいです」と調子よく営業し、やあかわいいワンちゃんですねワンワン、などと犬にまでおべっかを使うのが聞こえてくる。

トイレのドアが開いて、娘がスマホを見ながら出てくる。棺を覗いている薫に気がついて足を止めた。

「何してんの」

ぶっきらぼうな口ぶりから、薫は咎められているような気がした。

腰を上げると、娘に向き直る。

「ありがとう、とのことです」

「は？」

娘の目が眇められる。薫は棺を一瞥して、また娘を見やった。

「ライアが、あなたたちに伝えてくれと。最期の言葉です。申し上げます」

娘が目を見開く。

『今まで一緒にいてくれてありがとう』

「ライアが、言ったの？」

「はい」

彼女の顔が紅潮した。胸が膨らみ肩が上がる。

「デタラメ言わないでよ。犬が話すわけないじゃん。作り話でしょ！」

金切り声に、リビングのドアが開いておとなたちが出てきた。「どうしたの」母親が我が子を引き寄せ、薫を険しい目で見る。

「今まで一緒にいてくれてありがとうって、ライアが言ったんだって、この人に」

声を震わせる娘が薫を指す。

「あらそうなの。それなら良かったじゃない」

母親は何の問題があろうかと目から険を抜いた。もちろん、本当に犬が喋ったなどと信じているわけではない。

「作り話ではありません」

薫はいたって淡々とゆっくり答えていく。

「信じらんない」

「どうして疑うのですか」

「信じろってほうがどうかしてるからよ」

「私が嘘をついて何の利益があるのでしょう」

「あたしを騙(だま)して喜ぶためよ」

「初対面のあなたを騙しても、私は嬉しくはありませんよ」

娘はぐっと言葉に詰まる。薫は彼女の手に注目する。スマホを握る手が戦慄(わなな)いている。

「じゃ、じゃあほかに何言ったのよ、あたしたち家族だけしか知らないこと言ったって言うんなら信じてあげてもいいわよ」

「ありがとうしか言ってません」

「ほら、嘘じゃない」

「どうして嘘なんでしょうか」

薫はキョトンとしている。陽太が大股で薫に近づき、肘を引っ張った。それ以上言うな、と目でけん制する。

「だってあたし何もしてないから。散歩にもつれてってないし、ご飯だって面倒臭くてあげなかったこともある。イライラして蹴ったことあるし、飲み水だって替えたって嘘ついてほったらかしにしたもん。ライアが吐いたのも、実はあたしの苦手なタマネギをやったからだし。だから、ありがとうなんて言うわけない！」

「そんなこと、ライアは一言だって言いませんでしたよ」

薫が意見すると、「薫」と陽太が薫の前に立ちはだかって娘から薫を遮った。しかし、薫は平淡な調子で続けた。

「ライアは言いませんでしたが、お喋りカラスなら言ってました」

「お喋りカラス？」

　窓の外でカラスが一発鳴いた。

「ライアは散歩中に、公園のベンチに座り、あなたが小さな機械……スマホのことだと思いますが、それを指でつついていて、泣いていたことを心配していたそうです」

　娘はぴたりと口をつぐんだ。愕然と薫を見つめる。両親が娘を覗きこむ。

「どうして泣いていたのかとカラスが聞くとライアは、あなたが仲間はず」

「やめて、もういい」

　薫は黙った。娘はスマホをきつく握っている。着信が入っているかのように震え続けている。陽太と柚子川が薫に注目する。

「ライアが言ったのではありません。繰り返しますが、言ったのはカラスです」

　母親が娘に、「いじめに遭ってるの？」と尋ねる。自分の娘がそんな状況に立たされているなんてありえない、信じられないそんなはずはない、と血走る目が叫んでいる。娘の肩に置かれた母親の指がめりこんでいくのを薫は見つめた。

「ライアが伝えてくれと言ったのはただ、『今まで一緒にいてくれてありがとう』ということ。ただそれだけでした」

薫がそう告げた瞬間、娘の見開かれたその目からぼたぼたと涙がこぼれ、床を打つ。

娘は母親の腕を振り払ってライアに駆け寄ると、棺の中に顔をうずめた。一緒にいてくれてありがとうはあたしのほうだったのぉぉぉ。

どれだけ激しい慟哭をもってしても、冷たくなっていくライアの目を開けさせることは、ない。


依頼では、ライアの火葬まで請け負っていたそうだが、娘がお棺から離れなかったので両親は引き渡しを断念した。

パオに荷物を積みこむ。薫が大きなゴミ袋を積みこもうとしたものを、陽太が無言で引き取って載せた。陽太と柚子川は作業着を脱いでから運転席と後部座席に乗る。薫は「後ろ狭いんで、助手席へどうぞ」と柚子川に勧められたので助手席に収まった。

陽太はバックミラーでクルマの流れを読みながら車線変更した。

「まさか仔犬連れて帰るとはなあ」

「あれをライアが見ることにならなくて良かったよね。あまりにかわいそすぎるもん」

柚子川が前の席の背もたれに肘を引っかけて真ん中から身を乗り出す。

「薫さん、ライアは本当に『ありがとう』って言ったんですか」

「本当だろうと嘘だろうとどっちだっていいよ、お客様がご満足されたんならそれでいーの」

陽太が首を左右に倒してストレッチしながら、口を挟む。

「本当です」

薫は言った。

柚子川が眼鏡の奥の目をきらきらさせて、顔を覗きこんでくる。

「本当に？　すごい……っ。陽太、彼女クールだね」

「フン。オレの見る目がクールなの」

「すごいよ。陽太よりすごくない？」

「は？　何言ってんの。社長よりすごい従業員がいてたまるか。死ぬ時間が分かるほうがすげえに決まってんだろ。オレが一番なの。一番すごいのオレ」

ハンドルを叩いてムキになる。

「言葉が分かるのなんてオプションだ、オプション。あ、これ使える。オプションとして割増料金にしたれわははっ」

プップーと調子よくクラクションを鳴らした。ほんっと子どもなんだから、と柚子川が同意を求めるように薫に目くばせする。薫は意識的に目元を緩めた。柚子川がそれをどう受け取ったのか、急に慎ましやかな顔つきとなり、

「賢い犬だから、人の言葉を覚えるのも苦はなかったはず。そのせいで、要らぬことまで聞かされたこともあったでしょうね」

と、声を湿らせる。「穏やかな目をしてましたね……」

その目で、最期の最期まで家族を探していた。

クルマは信号で停車した。横断歩道を渡る人を見送る。白いところだけを踏むということに拘(こだわ)っている人はひとりもいない。白色でも灰色でも自分の歩幅に合わせて無造作に踏んでいる。薫は瞬きせずに見つめている。

「ねえねえ、薫さん、そしたらあそこにいるハト、何て言ってるか分かりますか?」

公園の車両止めの向こうをハトが数羽歩いている。薫は窓を開けて耳を澄ませた。

「『いい手すりがどんどんトゲトゲに覆われていってアレなんだべ留まれやしねぇだ』『邪魔臭っ。ああ邪魔臭っ』『しんどいわあ』『いつも来る人間の雄、最近来ねぇっけし、腹減ったのぉ』だそうです。ほとんど愚痴と不平不満の独り言ですね。周りのハトの話は聞いていません」

陽太ははははと喉を反らせて笑い、柚子川は感心のため息をついた。

「いつからですか？　分かるようになったのは」

「小学生のときに事故に遭って」

「ああ、お前もあのときなの。頭打ったからなあ」

「え、ふたりとも、同じ事故に遭ってたわけ？」

「そうなんだよこれが。クルマが横断歩道に突っこんできてさあ」

「ひってえ。余所見（よそみ）？　居眠り？　加害者一体どういう奴だよ」

陽太は薫へ視線を滑らせる。薫は手元に視線を落とした。

信号が変わり、陽太がギアを入れる。

「その人って刑務所に入ったの？　それともそういうのって執行猶予とかつくの？」

「さあ。いいからお前、経費の精算まだだろ。明日までに出さねえと払わねえぞ」

「ええっ今言う？　報告書早くしろとか、フリスク買って来いとか、やれドライアイスが足りないだの、ブッキングしただの、棺桶発注しろだのって散々忙しくさせておいて、今それ言う？　領収書まとめる時間なんかないよ」

「聞きません。聞こえませんー」

もおお、と柚子川が牛のようなうなり声を上げる。ぶつぶつと文句を言っていたが、薫が視線を落としていることに気がついた。

「薫さん、大丈夫ですか？」

「何がですか？」

「いや、動物が死んじゃう現場に立ち会ったことですから。ショックを受けてるんじゃないかと」

「お気遣いありがとうございます。大丈夫です」

はあ、と柚子川は感嘆する。

「ぼくなんか一週間は落ちこみましたけどね」

「二週間だ」

陽太が言う。

「そんなに落ちこんだ？」

「落ちてたねえ、リーマンショック以来の落ちこみ幅だったね」

「あの時は食欲もなくなって」

「痩せなかったけどね。ますます肥えちゃったけどね」

「浮腫んだんだよ」

「同じだろうが」

「柚子川さんはどうやって回復したのですか？」

薫は純粋な疑問を投げかける。

「『フランダースの犬』を観ました」

ははははと、陽太が笑い、意味もなくクラクションを鳴らした。「Mだっ。ドMだ」

「薫さんは『フランダースの犬』を観て泣きますか？」

「泣かねえだろこいつは。犬が生放送で死んだのに平気な顔してるんだぜ。尻の穴に躊躇なく指突っこむし。つかそのアニメ観たこともねえだろ」

「陽太、彼女の何が分かるんだ」

「観たことはあります。泣いたことはありません」

ああ、と柚子川は落胆したような納得したような声を上げた。陽太は、上等上等と謳う。

柚子川が陽太の後頭部を指して薫に耳打ちする。

「この人泣いたんですよ」

「ああ？　泣くかよ。あんなので泣くなんて根性なしだろ」

フリスクを取り出して仰向き、口にざらざらと落とす。右を向いて噛み砕きながら鼻を啜った。

「泣いてる」

柚子川が薫に目配せしていたずらっぽく笑った。何がおかしいのか推測できなかったが、薫はつき合いで笑みを浮かべた。

「泣いてなんかいねえし」

「思い出し泣きとか、ショボイんだけど」

「フリスクのせいだし」

柚子川が大笑いする。

「柚子川うるさい、お前うるさい。降りろ歩いて帰れ」

後ろに手を回して殴ろうとするが、柚子川はシートにもたれて避ける。

「薫さんはあのラストを観てどうでしたか」

「特にどうも思いませんでした」

うっかり聞き逃しそうになるほどすんなり答えた薫に、男ふたりが黙った。薫は流れていく景色を見やる。

柚子川が数秒後、ゆっくりと後部座席にもたれ、窓の外を眺めた。

「ああ、ええと」

しばらくして咳（せき）払いした柚子川が、静まり返った車内の雰囲気を和らげようとしてか、話題を変えた。

「事故で動物の言葉が分かるようになったなんて不思議ですねえ」

「はい。あのとき、カラスが目の前に舞いおりてきて言ったんです。『なんダ、まダ死んじゃいねえのか。腹減ッタ』って」

柚子川がギョッとした。「え、カラスってそんなこと言うんですか。それって薫さんを食べ物だと決めてかかってるってことでしょ」

「そうですね」

薫は平淡な口調で同意を示す。陽太が薫に視線を走らせすぐに正面を見た。

「そりゃあ犬が死んでいくのを前にしても落ちこまねえわなあ」

会社のあるビルの駐車場に入る。自販機の後ろのゴミ集積カゴに取りすがってカラスが二羽、金網の間からゴミを引きずり出していた。逞しいくちばしでビニールを引きちぎるたびに、重油を被ったような背中がギラギラと輝く。目が合ったカラスが口を大きく開けてガアッと鳴いた。

「社長、この近くで公子というハムスターがそろそろ死ぬそうですよ」

薫は羽ばたいていくカラスを目で追いながら、その言葉を伝えたのだった。

第二章　月へ帰る

ちいさなあしあとのホームページには、シッターの仕事よりも看取った実績のほうがこれ見よがしに列挙されていて、問い合わせもほとんどが看取りに関するものだ。そこに「専門のスタッフが最期の言葉をお伝えします」と新たに書き加えられた。

二回目の看取りは土曜日。現場には、陽太とふたりで向かった。対象はハムスターである。飼い主が法事に出かけている間に死んだ。

三回目はゴールデンウィーク初日。母は「休日も関係ないのね」と顔を曇らせながら弁当を差し出し、父は「生き物相手ならそんなものだろうな」と理解を示した。

初のひとり仕事である。体に合った真新しい作業着の胸元には、社名と氏名が刺しゅうされ、背中にも大きく社名と電話番号とホームページアドレスがプリントされている。

陽太から手渡されたカメラ、折り畳み式の棺、数枚のタオル、マスク、軍手、ビニール袋など道具一式をキャリーバッグに詰めていると、パソコンで書類を作成していた柚子川が手を止めて声をかけた。

「不安でしょう？」

気遣われ、薫は答えに詰まる。

「余計なこと聞くな」

陽太がジャケットに袖を通しながら釘を刺す。

「聞かれたら不安になるだろ」スマホを耳に当てる。

「聞かないのは薄情だろ」

「お前は、もーっ。ほんっとなんつーか、っもぉ」

苛立つ社長に、柚子川はプリントアウトした書類を提出。用意してあった段ボール箱を担ぎ、クルマのキーを取ると、「困ったら電話してくださいね」と薫に告げ、「いってきまーす」と出ていった。

——あ、おはようございます、ペットシッターのちいさなあしあとです。

電話の相手が出たのだろう、陽太は急に調子よく受け答えを始めた。

薫は、母の手作り弁当が入ったリュックを背負い、キャリーバッグを持つと、いってまいりますと挨拶をする。

陽太が視線で送り出す。それから指先でスマホと、出入り口のほうを交互に指した。昨日言われていた、こっちの件が終わったら迎えに行くから、ということらしい。

クルマを持たないので、電車で現場を目指す。

社長の見立てでは、対象は今日の午後二時から二時半の間に、病気の悪化により亡くなることになっている。依頼人のマンションでの打ち合わせのときにそういう匂いを発していたらしい。

車中で依頼書を再度読みこむ。依頼人は仙北町に住む三十二歳の食品会社社員の独身男性。北川友義（きたがわともよし）。マンションでひとり暮らし。雄のうさぎ「シフォン」は二歳七ヶ月。人で言うと、三十歳過ぎ。薄茶色と白のブチ柄。

依頼人は、知人の結婚式に出席するために朝から不在になるので、出立する九時半までに来てほしい、とのこと。社長は「ただ座っていて時給が発生するんだから儲（もう）けたな」とホクホク顔で、電卓を叩く指も軽かった。

駅からは地図を頼りに北川のマンションを徒歩で目指す。この辺は最近、急速に開発され、大型店が続々進出。賑（にぎ）わっている。

途中、花屋に寄り、二時三十分までに届けてほしいと依頼した。

該当のマンションは十階建てで、年代を感じさせた。周りの新築マンションと比べると、煤（すす）けていて、肩身を狭くしているように見える。オートロックではないし、管理人もいない。集合ポストには空きが目立った。エレベーターで六階へ上がる。

ドアを開けた依頼人は複雑な顔をしていた。髪は整えられ、ひげもあたり、スーツを着て、あとはネクタイを締めるだけになっている。玄関からすぐにダイニングキッチンで、ドアを隔てた奥がリビングのようだ。

通されたリビングの隅に囲いがある。出入り口は開けっ放し。自由に行き来できるようにだろう。囲いの中のケージに、シフォンはいた。

敷かれた毛布は清潔。えさや水のボウルはない。代わりに濁った液体の入った注射器が柵にひっかけられていた。流動食だと思われる。芳香剤やペット用消臭剤が何本か床に直置きされている。『うさちゃんの飼い方』『はじめてのうさぎ』という本も無造作に重ねられていた。

「牧草を食べなくなったことと、フンが小さく少ないことに気づいたのが遅かったんです。病院に連れていったときには胃腸障害を起こしてしまっていて……点滴をしてもらったんですが、もう手遅れで。早く気づいてやれればよかったんですがぼくも忙しかったし、病院に連れていこうにも日曜祝日は休みだし、休みを取って明日こそはと思いつつ延び延びになって」

くどくどと弁解する。

「食欲は戻らないし、入院させるにも、医者に、環境が変わればシフォンにはストレスになり、さらに症状が悪化すると言われて、連れて帰りました」

北川が、目を半分閉じ喉を毛布にぺたりとつけたうつ伏せのシフォンに、やるせなく視線を当てた。いつ死んでもおかしくない状況の中、残業を切り上げヒヤヒヤしながら帰って来る日が続いていたそうだ。そのさなか、「ちいさなあしあと」を知り、相談の電話をかけたのだという。

「HPに死期が分かりますと書かれてありましたが、申し訳ないけれど、疑っていました。けれど、打ち合わせで来てもらったときに斉藤社長さんは今日の日時をはっきりと指定したんです」

——外れたら料金は要りませんよ——。

自信満々な口ぶりに、頼んでみようと決めたという。

一通り話を聞いて、北川を見送った薫は、シフォンに近づいた。干し草のような毛並みをしている。

シフォンはぼんやりとした目で一点を見つめている。うずくまったままピクリとも動かない。こっちを見ないまま主人の所在を問いかけてくる。薫は首を振った。シフォンは不思議そうな顔をした。

見守ること以外することがないので、薫はシフォンの前で膝を抱えてじっと見つめた。それ以外のことはしようとも思わなかった。シフォンはうつらうつらしている。かすかに膨らんだり萎んだりする腹を見つめる。

彼は、自分が間もなく終焉を迎えることを知っていた。自分の死期は悟っていても、飼い主が不在で、代わりに見知らぬ人間がこの部屋に陣取っている理由までは分からないようだ。薫は説明をしない。

冷蔵庫が思い出したようにうなる。小鳥の囀りが窓ガラス越しに聞こえてくる。うちの亭主どこ行った向こうにいたよまたあのとうへんぼくは歌ばっかり歌って南西の風夕方雨。

リビングにはダイエット器具や美容器具がいくつかあり、それが部屋を狭くしている。二脚の座椅子に、ピンクとブルーのクッションがそれぞれきちんと収まっている。カラーボックスを横にして、その上にテレビやオーディオ機器があり、彼女らしい女性とこっちを見つめる笑顔の写真が飾られている。北川は今より髪が短く、痩せていた、写真はその一枚だけ。

時計が二時を回った。花屋が来た。玄関に入った花屋は、尿の臭いに顔をしかめ、金を受け取ると逃げるように出ていった。

二時二十分。

シフォンの目が潤っていく。今、薫を映しているその目に本当に映したいのは薫ではないことはよく分かる。小さく鳴いた。そうして深いため息に引きずられるようにして、シフォンは生の幕を引いた。

すべての処理を黙々とこなしたあと、陽太がやって来た。

「おう、終わった？」

「はい」

毛布や雑巾をゴミ袋に入れて玄関へ運ぶ。

薫がリビングに戻ってくると、陽太は小さな棺桶を覗いていた。

間もなく北川が帰ってきた。聞いていた結婚式の終了時間と帰宅時間よりずっと早い帰宅だ。しかも。

彼を目の当たりにしたふたりは、呆気(あっけ)に取られた。

ボロボロなのだ。頬は赤く腫れ上がって出血しており、鼻の両穴にはティッシュが詰められている。確かに着て行ったはずのジャケットはなく、ワイシャツは土埃で汚れ、胸元のボタンがひとつなくなっていた。ひどい状態なのだが、完全に気の毒がれないのは、髪の毛に小さな一輪のバラが絡まっているせいかもしれない。

ふたりに質問させないように北川は勢いこんで家に上がり、シフォンの前に胡坐(あぐら)をかいた。

「死にましたか」

北川は沈痛な面持ちで見おろす。その表情もケガによるものなのか、ペットの死によるものなのかちょっと判断がつかない。

薫はシフォンの死の状況を細かく説明した。手を抜くことなく微に入り細を穿（うが）つ説明だが、それに嫌悪や拒否といった目ぼしい反応を示すことなく、北川は受け入れていた。説明が終わると、ありがとうございました、と頭を下げる。なかなか頭を上げなかったので、陽太が体を起こしてやった。

「お客様、その格好はいかがなされました」

陽太が単刀直入に聞く。

「たらふくきこしめしましたか」

俯いたまま返事をしない。

「思いのほか早くお帰りになられたので、契約時間が余りました。どういたしましょう。帰りましょうか？」

北川に確認する。

「すみませんが、もうちょっといてもらっていいですか」

「畏まりました」

「ところで、お腹が空いたので、お弁当をいただいても差し支えないでしょうか」

薫が口を挟む。死骸の始末をしたばかりの新人社員は空腹を覚えていた。陽太は顔面を覆った。面食らった北川が、あ、どうぞ、と狼狽え気味に勧める。

社長に恥をかかせ謝罪させるという一仕事をさせた薫は、棺桶を背にして、弁当をローテーブルにのせた。

動かないシフォンをぼんやりと眺めていた北川は、ため息をつくと、捻じ曲がったネクタイを外す。そして、鼻の穴にティッシュを突っこまなければならなくなった経緯を話し始めた。

「実はぼく、結婚式に呼ばれていなかったんです」

カラーボックスの上に飾られた、この部屋に唯一ある写真へ目を向けた。薫もつられて見る。そして弁当へ顔を戻す。

二年以上前に別れた彼女の結婚式だったという。新郎は商社マン。

「祝うつもりで花束抱えて向かいました。ぼくは披露宴会場には入れませんからロビーの柱の陰で彼女が控室から出てくるのを待ってたんです。きっと綺麗なんだろうなあって想像しながら。介添人に手を引かれて出てきた真っ白い花嫁衣裳の彼女は、付き合っていたときよりずっと綺麗になってた。そんな彼女が向かうのは、ぼくんとこじゃないんだなと思ったら、なんか知らないけど」

北川は言葉を切った。自分の感情を探して口元がうさぎのそれのように波打つ。

「カッとしたんでしょうね。頭のねじがぶっ飛んじゃって、そうしようと思ってなかったのに飛び出して花束で殴りかかってしまいました」

自分の行動にゾッとして我に返ったときには、スタッフや警備員らに取り押さえられ、式場の外に放り出されていた。

薫は箸を口へ運びながら北川をちらりと見やる。俯く北川は手のひらをこすり合わせている。親指のつけ根にも擦り傷ができていた。

あまり抵抗もしなかった上に、祝いの席にケチがつくのを恐れた当事者やホテル側は、お灸(きゅう)をすえただけで、警察沙汰にはしなかった。

北川は意気消沈した様子で鼻のティッシュを取り、洟(はな)を啜(すす)り、手の甲でこすってそこになすりつけられた血をじっと見た。薫は手前にあったボックスティッシュを差し出した。あすみません、と北川が受け取って血を拭う。数枚さらに引き抜いて頬っぺたの傷を押さえた。

「気持ち悪いですよね。未(いま)だに別れた彼女を想ってるなんて」

薫は黙っている。が、さすが一国一城の主は「そんなことないですよ」と機敏にフォロー

した。そして、

「お祝いに持って行ったのが、花瓶とか鍋とかじゃなくて良かったですね」

と、大真面目な顔で的外れな慰めをつけ加える。薫は陽太に向けた視線をシフォンに転じ、そのまま見ながら黙々と食べる。ベランダからカラスが覗きこんでいる。薫の弁当に目が釘づけだ。

「新郎には勝てないよなあ。大会社のエリートなんて……。彼女は賢い選択をしたということですね」

皮肉がこぼれた。

「女性にフラれたぐらいなんですか。これからどんどん出会いがありますよ。世界の人間の半分は女性なんですから」

陽太の陳腐かつ使い古された励ましに、弱っている北川はもろくも崩れた。


北川は、人口二千人程度の村の出身だそうだ。何の産業もなく数年後には合併が決まっている村だ。二十九歳の終わり、人生で初めてできた六歳年下の彼女に、ニオンのペットショップでうさぎをねだられたそうだ。彼女のアパートはペット禁止だが、北川のところは「可」だから。

前日にふたりは動物番組を観ていた。彼女は仔うさぎから目を離さなかった。かわいい、うさぎっていいねと連発。彼女は新しいものや、自分が持っていないものに食いつくたちだった。

北川の部屋を占領しているダイエット器具、美容器具は彼女がほしがったもので、北川が買ってあげたものだ。これがあれば彼女がより頻繁にうちに来てくれるという腹積もりがあったのだ。

しかし、彼女が夢中になるのはせいぜいひと月ほどで、新しいものが発売されれば、手元にあるものにはもう見向きもしなくなった。

いつものように「買って」「ほしい」「これがあればあたしはとても幸せになれる」というセリフを、潤んだ上目遣いで言い募る。

でも、と北川は渋った。

「ぼくは日中仕事だし、家にいないんだよ」

「そんな家、いくらでもあるわよ」

彼女は譲らない。

「いや、でも……うさぎってどうやって飼えばいいのか見当もつかないし」

「みんな初めはそうでしょ。あたしも世話するから大丈夫よ」

それでも迷っていると、だんだん彼女の機嫌が悪くなってきた。愛しい彼女が不機嫌になるのは望むところではなかったし、うさぎがいれば彼女はずっと自分の元にいてくれるはずだという下心もあった北川は、じゃあ分かった、と頷いた。

ペットショップのサークルの中に十羽ほどいるうさぎのうちどれがいいか尋ねると、彼女はどれがいいかなあと楽しそうに選び始めた。

北川はその間に飼育に必要な「はじめましてうさちゃん」セットを物色。購入するセットを手に戻ると、彼女はまだ決められずにいた。北川にしてみればどれも同じに見える。

二十分ほどしゃがんで悩み倒した彼女が、

「あー、分かんない。疲れちゃった。どれもみんなかわいいんだもん。ともくん、選んで」

と投げてきた。

「ぼくが？」

「うん、だってほんとにみんなかわいいんだもん。選べないよ」

彼女にはこういうところがある。ほしいもののはずなのに、比較検討しなければならなくなると、途端に放棄するのだ。細部に拘らないというか、拘りすぎて手詰まりになり、頭を使うことを拒否する。ダイエット器具も美容器具も、形色メーカーは彼女が決め、スペックを比較して決めたのは北川である。

ほしいものを主張はするが、選択は委ねる彼女がかわいい。こういう彼女を奥さんにするのはいいかも、と北側は夢想する。勝手に何でも決める人より、ふたりで得意分野を決め、摺り合わせるほうがいい。

北川はサークルの前に屈みこんだ。うさぎは毛づくろいしたり、追いかけっこをしたりしている。彼女は、あたしジュース買ってくる、と一旦離れた。

視線を感じてケージを見渡すと、一番奥で、茶色と白ブチのうさぎが後ろ足で立ち、北川を見つめていた。耳を動かし、口吻をひくひくさせている。ほかのより幾分育っているように見えた。

スタッフに、あれは他のうさぎより大きいですね、と話を向けると、生後四ヶ月だという。人で言うと、小学校中学年程度の歳なのだそうだ。売れ残っているらしい。

こんなに大勢の人が買いに来ているのに、誰にも選ばれてこなかったというのか――。

「あのうさぎはこのまま選ばれなかったらどうなるのですか？」

スタッフは北川を値踏みするように見て、わざとらしく声を潜めた。

「ここだけの話、保健所か、大学の研究施設のどちらか行きになります」

北川は息をのむ。本当なのだろかと疑いの眼差しを向けたことを察知され、スタッフに「この子は今週売れなかったら来週頭の朝一に撤去されます」と追い打ちをかけられた。

撤去とか言うんだ……。

北川はうさぎを見た。うさぎは北川と目が合うと四本足で近づいてきた。走っていた白いうさぎに飛び越えられ、その後ろ足を頭に食らって倒れる。北川は小さく声を上げた。ブチのうさぎは起き上がり、辺りを不思議そうに見回した。そして自分が何をしようとしていたのか思い出したように一瞬はっと動きを止めると、また北川へ向かってきた。

柵につかまって背伸びをした。三角形の口吻周りを動かして匂いを嗅いでいる。何かを訴えたがっているようだが、北川にうさぎの考えは想像もつかない。そもそも動物に考えがあるとかないとか、そういうことすら想像したことはない。言葉が通じないし、動きが予測できない、強い臭いもするし、ありていに言えば、野蛮。動物は得意ではないけれど、それでもペットショップにのこのこやってきたのは、彼女がうさぎをほしがったからにすぎない。

家族連れがスタッフに、この間いた白いアンゴラは、と尋ねる。

「別の家族に引き取られていきましたよ」

家族連れはがっかりしていた。北川もがっかりした。

うさぎが買われていったことではなく、スタッフの言葉に。

選ばれれば「家族に引き取られ」たと言い、選ばれなければ「撤去」と言う。

柵につかまっているうさぎは黒真珠のような目で北川を見つめ鼻を動かしている。旧知の友人と会ったときのように。うさぎは鼻の先まで毛で覆われているのを初めて知った。重さを感じさせないようなふわふわの毛並み。シフォンケーキみたいだ。

こんな生き物を自分は本当に飼うというのか？　急にドキドキしてきた。

例えば、自分がこのうさぎを飼ったとしたら保健所や研究施設行きは免れることになるが、それも飼い方次第で保健所だの研究所に送られたのと大して差がなく命を終わらせるかもしれない。

このうさぎたちには、自分たちの声が形作る意味までは分からないだろう。もし分かったら――。

アーモンド型の黒目に見つめられる。無言なのに、どういうわけか話しかけられているようなプレッシャーを感じる。

もし言葉が分かったら、目の前でやり取りされる自分の命に、肝心の自分の意思が及ばないことをどう思うのだろうか。

保健所は「ガスで安楽死」させるという。窒息死だそうだ。苦しくはないのだろうか。研究施設では何をされるのだろう。恐ろしくて想像もしたくない。

生きていれば辛いこともある。辛いことのほうが多い。けれど、生の最期、ガスで殺されたり、自分の体で実験されなければならないほどの辛さは、そうはないだろう。

柵にかけられた紡錘形の前足から、触れてもいないのに、どうしてかうさぎのぬくもりが胸に広がる。

生きるか。殺されるか。引き取るか。撤去されるか。苦も楽もぼく次第……そんな責任持てるのだろうか。

動物の鳴き声が耳を衝く。ああ、嫌な声だ。何もそんなに騒がなくてもいいじゃないか。耳というより、胸を衝かれる。

三角形の口吻をもごもごさせた。北川は何か文句のひとつも言われるんじゃないかとひやりとした。ひやりとしたことに自嘲がこみ上げる。獣が文句を言うわけないじゃないか。

尻尾が振られる。

「ああ、機嫌いいですね。お客様を見て嬉しがっていますよ」

スタッフがうさぎの気持ちを代弁する。

「機嫌いいんですか」

「ええ。ほかにジャンプしたり鼻を鳴らしたりもしますよ」

北川はうさぎと目を合わせた。

「まるで待ちわびてた人に会えたみたいですね」

店員の売り口上だと分かってはいるが——。

ずっと待っていたのだろうか。自分の元へやってきてくれる人を。見つめる目。振られる尻尾。

待っていたのだろうか。自分を選んでくれる人を。ここから救い出してくれる人を。もごもごする口を見つめる。連れてって。早く連れてって。ずっと待ってたんだ。待ちくたびれたよ。さあ帰ろう。

動物に思考能力があるとは思えない北川だったのに、そのときはうさぎがそう訴えかけているようにとらえてしまった。

彼女が戻ってきたときには、北川はうさぎの入ったバスケットを提げていた。

中のうさぎを確認した彼女はええ〜、と不満を露にした。

「なんでもいいって言ったけど、これはないわー」

「え、どうして」

「だって、おっきいじゃん」

「大きいほうが手間がかからないんじゃないかな」

「小さいほうがかわいいでしょ」

彼女はすっかり機嫌を損ね、ほんとそういうとこ考えないよね、とぶつぶつと批判した。

マンションに戻って、買ってきたものを並べたり囲いを組み立てる北川を、彼女はつまらなそうに眺めるだけで、手伝いはおろか、うさぎに注意を向けることすらなかった。

結果的にはそれが功を奏した。うさぎは環境の変化に極めて弱く、ちょっとしたこともストレスになるため、初日にやたら触られたり、大声を出されたりするのは体調を崩す原因となり、厳禁なのだという。

ということを北川は「はじめましてうさちゃん」セット付属の「うさちゃんの飼い方」という冊子で学んだ。まずは「取説」を読む男なのだ。

ケージに牧草、水、ペレットを並べ、ペットショップでうさぎがいじっていたタオルを入れた。うさぎは自分の匂いがついたタオルに上がるとじっとした。見ていたが、さして動きはない。

あまり話も弾まないまま彼女は間もなく帰った。一度機嫌を損ねると、回復させるのに苦労させられる。

二日目は名前をつけた。シフォンケーキみたいなので、シフォンにした。水とえさが減っていた。減っていればまあ、嬉しいような気がした。彼女に電話で報告した。彼女は「ふうん」と言ったきり黙った。背後からテレビの音が聞こえていた。

三日目、なでてみろと本には書いてあったが、北川はそれはできなかった。齧られたらどうしてくれるのだ。歯はかなり丈夫そうじゃないか。ましてや手でえさをやるなんて、齧ってくれと言っているようなものだ。

　ペットショップにいた期間が長かったおかげでトイレの躾（しつけ）は特に苦労しなかった。尿を拭いたタオルをトイレ砂に置いたら、次からはそこですますようになった。

　四日目。水とえさを取り換えるときに、シフォンが近づいてきたから齧られるんじゃないかと手を引っこめようとした。が、ケージに引っかかって抜けきれず、そこにシフォンが来て鼻先で北川の指先に触れた。反射的に手を握りこんだ。シフォンはびっくりしたように身を引いた。北川は「び、びっくりさせるなよ」と呟いた。これじゃ、どっちがうさぎだか知れない。

　シフォンは耳を細かく動かして注意を最大限に北川に向けている。この世界に関心を向ける対象は北川以外何もない、みたいに。

　触れた鼻先は確かに温かかった。

　五日目。昼間、うさぎは寝ていた。しかも目を開けて。そういう生態であると初めて知った。捕食者だからだろうか。常に敵がいるという前提で生きているからだろうか。

　この部屋にはお前を攻撃するものはいない、と教えたい。しかし、言葉では通じないだろう。なら。

　北川は思い切って背中に触れてみた。シフォンが目を向けた。怖がるんじゃないかと、北川のほうが怖気づく。何しろ相手は何を考えているか分からない獣なのだ。確かにかわいらしい顔をしているが、バリバリ木は齧るし、わらボールはボロボロにする。顎の力は半端ない。

北川の心配は取り越し苦労だったようだ。シフォンはじっとなでられていた。

彼女に電話したが、出なかったのでシフォンの様子をLINEで送った。

既読はついたが、返信はなかった。

取説の通り一週間経ったので囲いの扉を開けた。シフォンはしきりに鼻をうごめかせながら出てきた。固唾(かたず)をのんで見守る北川のそばに寄ってきた。北川は少し緊張した。噛まれるかもしれない。機嫌が悪かったり、機嫌を損ねたりしたらがぶりとやられるかもしれない、と覚悟する。

シフォンは北川の床についた手を鼻でつついてきた。引っこめそうになったが、びっくりさせてはいけないと堪(こら)える。うさぎは、寂しくても死なないが、びっくりすると死ぬらしいから。

息を詰めて見ているうちに、自分の何十分の一しかない生き物を相手に、ビビっている自分が馬鹿らしくなってきた。

シフォン、と呼ぶと、彼は顔を上げ、瞬きもせずに北川を見つめた。しばらく見つめると首を傾げた。

そうだ、お前はシフォンだ。北川シフォン。

気がつけば、彼女は一週間北川のマンションに来ていない。

彼女も忙しいのだろう。部屋中にあるダイエット器具や美容器具を見てため息をつく。今はシフォンのアスレチックみたいになっていた。

北川は少しずつシフォンとの生活に慣れてきた。朝、えさと水を替えて、帰宅すると、運動させ、トイレとケージの掃除をする。爪切りや毛の手入れ、シャンプーは店に依頼。

シフォンは北川のあとをついてくるようになった。立っていれば足元を8の字に走り回ったり、座っていれば手に頭をこすりつけたりしてくる。北川は丸めた手でそっとシフォンを撫(な)でてやる。相変わらずほかの動物は苦手だが、シフォンならまあなんとかやっていけていた。

最低限のことはしたが、仕事が立てこんでくると休みは返上、帰宅も遅くなれば、ケージやトイレの掃除も二、三日滞るようになった。

部屋中に尿の臭いが充満するので、とりあえずの対策として、芳香剤を置いた。シフォンはよく前足で鼻をしごいたり頭を振ったりするようになった。化学的な匂いが苦手なのかもしれないが、部屋を小便臭いままにしておくわけにいかない。

彼女が一度来たが、うんちが汚い、おしっこ臭い、シフォンが北川にばかり懐く、と散々で十分もいずに帰った。

北川の帰宅が深夜に及んでも、シフォンは玄関で待っていた。眠気に耐え切れなかったらしく、廊下から体半分ずり落ちていることもあった、半目を開けて。おもちゃで遊びながら待っていたようで、そばに、噛み散らしたわらボールが転がっていることがよくあった。

帰ってきた物音で目を覚まし、北川に向かってジャンプする。ペットショップのスタッフが嬉しいときは跳ねると言っていたことを思い出した。朝は玄関までついてくる。

「シフォン、いってきます」

「ただいまシフォン」

いつの間にか声をかけている自分に戸惑った。よく、人間に対するようにペットに話しかけている人を見て、不安な気持ちになっていたが、いざ自分がそうすると、どこかほっこりさせられた。翌日もまた「いってきます」「ただいま」と自然と口にしていた。声をかけるのは習慣になっていった。

どうやらシフォンはいくつかの単語を理解しているふしがあった。呼べば振り向き、ご飯と言えば駆け寄ってくる。そのいちいちに北川は目を見張った。

ひと月経った。気づけば彼女ともしばらく会っていない。LINEもずっと送っていないし、彼女からも来ていない。シフォンの様子を尋ねる連絡すら来ない。

忙しさにかまけて放っておきすぎたかもしれない。怒っているのだろうか。わびと言い訳を連ねたLINEを送った。

返信はなかった。

休みの日は一日中寝ていたかったが、シフォンがそうはさせなかった。ベッドに飛び乗って頬を舐める。起きると、北川の体を縁取るようにボールや、散歩紐やタオルなど目につくあらゆるものが並べてある。さながら事件現場の死体をロープで象ったアレのようである。並べた当の本にんは、さあどれでも好きなもので遊んであげるよと得意げなのだ。このころには、北川にもシフォンがどう思っているのかある程度はつかめつつあった。

北川はTシャツにデニムパンツを身に着け、シフォンをケージに入れると外に出た。

空は水色に晴れ渡り、乾いてさっぱりした天気だ。あくびをしながらスマホで彼女にLINEを送る。元気？　最近会ってないけどそっちも忙しいの？

歩いて五分。公園のベンチに腰かけ、シフォンに散歩紐をつけてケージから出す。シフォンは風の匂いを嗅いで辺りの様子を探る。いつもの公園だと確信を持つと、地面を嗅いで散歩紐が届くギリギリまで行く。ぐいっと引っ張った。シフォンがひっくり返る。すぐに立ち上がり、右に行ったり左に行ったりゴミかごや街灯の根元を嗅ぐ。散歩紐がピンと張り、シフォンが耳を翻して後転する。尻が丸いので面白いように転がる。うさぎの尻は転がるためにあるんじゃないかとすら思う。シフォンが北川をキョトンと見上げる。

　意地悪のつもりじゃないが、シフォンはたとえ意地悪をされてもそれを意地悪だと気づかないんじゃないだろうか。寝ているときの半目は、シフォンの性質によるものではなく、捕食者としてのさがでそうなってしまうだけで、起きているときの彼は、世の中を信じ切っているように見える。黒真珠のような目でまっすぐに見つめる彼に、そう思わされる。澄み切った彼の目に映る世の中は、いつだって善良なのだ、と。

　その目を覗いているとどういうわけか烈しい郷愁に駆られた。

　村にいたのは中学までだ。家の両隣は長らく空き家。道を挟んだお向かいさんは引っ越し、家屋を壊して更地にした。村民は次々出ていき、田畑は荒れた。鉄道は廃線が決まり、線路にはぺんぺん草がはびこった。

　村に高校がなかったから、近くの市に下宿先を見つけてそこから通い、この地方都市の大学に進んでそのまま就職先を探した。簡単ではなかった。バイトをしながら正社員の口を探した。なかなか見つからず、自分はこの世から必要とされていないのではないかとかなり思いつめた時期もあったし、また、このまま一生バイトで終わってもいいかもしれない、と自棄になったこともあった。それでも細々と探し続けていたのは、正社員になりたいというより、この世から余計ものとしてはじき出されたくなかったからなのだろうか。この世の一員として選ばれたかったからかもしれない。「撤去」や「処分」されたくなかったのだろう。やっと正社員になれたとき、この世に選ばれたと安心した。あとで知ったことだが、北川が正社員になれたのは、もうひとりの正社員候補が辞退したからだった。繰り上げ合格がなければ、いまだにバイト生活を続けていただろう。

年下の上司に見下され、繰り上げ採用であることを公言されても、北川は今の会社にいる。ノルマはきついし、手柄は上司のものになり、ミスは被せられるが、それでも今の会社はバイト時代よりマシだ、と思う。そうやって、北川はひどいときと比べて幸せだと思いこむことでやってきた。

シフォンにはすべて話した。理解できやしないだろうが。シフォンは鼻をひくひくさせ、耳をこちらに向けていた——寝ていることもあったけど——、誰にも言えないでいたコンプレックスや悩み不満を吐き出すことで気は楽になった。

ベンチでぼんやりしていた北川は、腹が減る感覚を思い出した。ここのところ何を食べて、いつ眠って、どう生活していたのか思い出せない。襟元を引っ張って嗅ぐ。服もいつ洗ったのか定かじゃない。シャワーは浴びていたと思うが、風呂掃除をした覚えはない。シフォンの存在も目に入っていなかったんじゃないだろうか。

もうすぐ三十歳。そうか。こうやって、ぼくは年を取っていくのか。

「まだ」二十九とは思えない。「もう」二十九だ。「まだ」と思えるやつは希望を持ってるやつだ。自分と世間を、買い被ってるやつだ。

ただただ日々の上っ面をなぞっていくだけで人生を終える。うだつの上がらないおっさんになって、じじいになって、飯は食ったのか、寝たのか、風呂には入ったのか、掃除はしたのか埒が明かないまま、この世から弾き出されないようそれだけに気をつけて、だがすでに弾き出されてしまっていてもそれには気づかずに死んでいく——。

「シフォン、蔑ろにしてすまん」

謝ると、地面を嗅ぎ回っていたシフォンは振り向いて、少し笑った、ように見えた。「すまん」という言葉は初めて言ったから、シフォンには理解できないはずだ。だから単に声に反応しただけだろうが、それでも注目されれば、自分が確かにここに存在すると再認識できた。

背もたれに体を預けて首を反らす。木漏れ日が顔をさわさわとなでる。青い空がある。

空は、村の空と変わらなかった。

村にいたころは、最低の村だと思った。人はいないし寂れていくばっかりだし、新しいものは頑なに入れない。大嫌いだった。

でもあの景色はそれだからこそ、澄んでいた。

村はもうない。ここで頑張らねば、踏ん張らねば。帰る場所はないのだから。足が温かい。見おろすと、シフォンがサンダルばきの北川の足に腹ばいになって目を半分閉じていた。日を浴びてうつらうつらしている。なんだこいつは、と呟く。蹴っ飛ばされないとでも思っているのだろうか、と笑った。

さーっと風が吹いて銀杏(いちょう)が揺れた。深呼吸する。

スマホに、彼女からの返信はなかった。

仕事は忙しく、それからまたひと月経った。LINEを送り続けているが、既読にならない。電話しても呼び出し音が鳴り続けるだけ。やきもきもするし、彼女の身に何かあったんじゃないかと心配にもなり、勤め先まで行ってみた。彼女は辞めたと聞いた。愕然とした。彼女が商社マンとつき合っていると口伝(くちづ)てに聞いたのは、それから間もなく、シフォンを飼い始めて三ヶ月後のことだった。

さらに二年後。彼女の結婚を知った。

話し終わった北川が、力ない眼差しでシフォンを見やる。

「最初はうさぎに話しかけたことに、自分自身ゾッとしたんですが、いつの間にか益体もないこと全部、ぶちまけてしまってたな……」

帰宅すれば廊下で寝ているシフォンがいた。朝は玄関で北川を見送った。リビングのドアはシフォンが行き来できるよう三十センチは常に開けておいた。シフォンは北川の在宅中、ずっとそばにいた。トイレや風呂の前で待っていて、気づかず開けたドアをぶつけてしまったこともある。アーモンド型の目で見上げて軽やかな笑顔を見せることもあった。動物に表情はないと思っていたが、やっぱりあれは笑っていたのだと思う。

明日からは、もうそれがない。動物は苦手なはずなのに、失うと我が身を裂かれるように痛い。

北川は傷だらけの顔をくしゃりとさせると、涙を散らしていきなり薫に抱きついた。肩に泣き声が響く。押し返すことも彼の背に手を回すこともないまま、薫はとにかく倒れないように踏ん張った。

「まあまあ、北川さん」

社長がやんわりとふたりを引き剥がす。北川は今度は社長に抱きついて大泣きした。薫は抱き合う男ふたりをよそに、死体のドライアイスの具合を確かめる。

「親しいものを失うと、痛みを感じます。そのときに脳の中で反応する部分が、ケガのときに痛みを感じる部分と同じ場所なんだそうです。養老孟司（ようろうたけし）が言ってました」

陽太が説く。

「今回はそれがダブルできましたからね。お察しいたします」

北川は泣き続け、陽太は顔を反らし気味にする。

一時間後。泣くのに疲れた北川は、薫の隣にしゃがみ、シフォンの頭をなでている。

「シフォンも死んじゃって、これでなんだか踏ん切りがついたような気がします。置きっぱなしにしていた彼女のものも処分できそうです」

「そうですね。そうするのが一番です。なに、新しい彼女なんてすぐにできますよ」

陽太がティッシュよりも軽い慰めを言う。

北川は「はい」と見本のような良い返事をして薫の手を握った。陽太が何気ない感じで、ふたりの手を引き離しながら、つけ加える。

「それに、北川さん。まだまだですよ」

「え？」

「『もう』何歳なんて、言わないでください。十代の人から見たら、私たちは年寄りかもしれませんが、九十オーバーの人から見たら、私たちは豆じゃないですか。芽も出ていませんよ」

薫は陽太を見た。

「こっからでしょう。こっからが勝負です」

陽太の言葉に、おざなりな感じはない。真摯な眼差しを向けている。

北川は傷を負った瞼(まぶた)の奥の、火の色をした目で陽太を見つめる。

表をバイクが走っていく音がする。風が出てきたらしい、窓の外を木の葉が数枚舞い上がっていった。

薫は真面目な顔で北川に向き合った。

「北川さん」

「お前、米粒ついてるぞ」

横で陽太が軽蔑しきった目を向ける。薫は陽太が指す鼻の下に触れて米粒を取った。

「シフォンからの伝言がありました」

「呼び捨てにすんなって。シフォンちゃんと呼べ」

陽太が注意する。北川は物言わぬうさぎに視線をやる。

「伝言？」

北川は、充血する目を開いて薫を凝視する。薫は北川の顔付近に視線を向けている。目を合わせることはない。

北川は、再びシフォンに視線をやった。そういえば、ホームページにもそんなことが書かれてあったっけ、と漏らす。

「あ、ここからは別料金ですがよろしいでしょうか?」

社長は抜かりない。北川は思案することもなく「聞かせてください」と膝を詰めた。

「『ぼくを選んでくれてありがとう』だそうです」

「選んで、くれて……」

北川の顔が自嘲で歪む。

「選んだも何も——。こいつはぼくの心中をとっくに見抜いていたんでしょう」

自分は仕方なく飼われたのだと。自分に向けられる目に映っているのは自分ではなく、彼女だと。自分を見てくれているのではなく、この飼い主は、彼女を見ているだけなのだと。

「申し訳ないことをしました。それでも、『ありがとう』と?」

北川が両手で顔を覆って、こする。

「何やってんだろ、ぼく。そばにいつもいたのはシフォンだったのに。こんな大事なところで間違えて、ああっ何やってんだろう。結局、ぼくは選ばれなかったのに、呼ばれてもない結婚式なんかに乗りこんで。その間こいつをほったらかしにして。ずっとそばにいてやるべきだった……」

擦り傷の上を涙がなぞる。なぞった涙は優しい紅色となり、シフォンの口吻に落ちた。

眺めていた薫が口を開く。

「伝言はまだ終わっていません」

容赦ない言葉に、北川はびくりと身をすくめた。

「『だってぼくはトモヨシに選ばれるよう努力したんだもの。トモヨシは、ずっと選ばれてこなかったぼくを選んでくれた。あのときが、ぼくたちの気が合った瞬間だったね』」

これから先、まだまだ勝負は長い。その折々で「選択」の機会は現れる。そのときに、選ぶ側に立つか選ばれる側に立つか。

「『ぼくを選んでくれて、ありがとう』」

陽太が薫を見つめる。北川の目が震えている。

薫は、綿を口に含んだシフォンに静かな視線を向けた。

享年二歳七ヶ月。人換算年齢三十二歳。

飼い主と同い年。

「これで、以上です」


パオが横断歩道手前で停車する。県道十六号線沿いの木々は、緑色を濃くしている。横断歩道を人が行き交う。「とおりゃんせ」が流れていく。いきはよいよいかえりはこわい。

「ま、お前にも言えることじゃないの？」

「何がですか」

「選ぶのは、相手か自分かってこと。どっちでもいい、じゃなくてさ」

薫は正面を見続ける。白いところを選んでいる人はいない。

横断歩道だけは白を選んできた。それだけは「どっちでも」よくなかった。白いところ以外を踏んだら死ぬ……まではいかなくても悪いことが起きるから。

でもあのとき、踏む色の選択に注意を払っていたせいで、突っこんできたクルマに気づかなかったのではないだろうか。だとしたら——私は選ばされていたのではないだろうか。

そう思ったら、目の前がグラグラしてきて薫は目を閉じた。

「なした」

陽太が尋ねる。薫は目を開ける。少しの間のあとで、口を開いた。

「ヨーロータケシって誰ですか」

「元大学教授」

「トーローナガシに似ていますね」

「——お前それ、よそで言うなよ」

「はい」

人の波が途切れた。信号が青になった。陽太がアクセルを踏んだ。
小さな鳥が言ったとおり、雨が、降り出した。

第三章　黒羽の口伝師

梅雨に入った六月下旬。北東北の梅雨は、言うほどじめじめはしない。

四時間ごとに三人交代で南栄(みなみさかえ)の自宅マンションを訪問する。渡された鍵でドアを開ける。

半畳ほどのたたきには何もない。傘一本、靴一足、ない。代わりにあるのは、四隅の埃(ほこり)。

入ってすぐ左手にはキッチン。家電どころか鍋釜の類もなく、食器棚は空っぽ。奥はリビング。ラグの跡が残るフローリングに、遮光カーテンの無数のカギ裂き穴から、シャワー状に光が注いでいる。テレビ、テーブル、ソファーといった家電家具、なし。

柱に爪痕(つめあと)が刻みつけられている。元気なときはさぞかし手を焼かせたのだろう。カーテンのカギ裂き穴だって爪の痕だ。何もないリビングの真ん中に唯一あるのが猫用のベッド、猫ソファー。キジシロと呼ばれる、お腹回りと足先が白い猫が、雑音交じりの呼吸をゆっくりと繰り返しながら寝ている。

すでに丸まる力がなく、四肢を前に投げ出していた。体毛は薄くなり、艶も張りも失われている。耳の根元は地肌が透けて見えていた。鼻の頭も、擦りむいたように毛がない。歯はほぼ抜け落ち、顔が少し曲がっている。

「おはようございます。ペットシッターちいさなあしあとです」

部屋のカーテンを開ければ、一気に世の中が反転する。光に包まれた猫が目を眇める。小さくても、生き物がいればそれなりに臭いが溜まる。窓を開け、北上川からの風を入れた。

猫に向けてカメラを固定し、動画を撮る。依頼によっては動画も撮るのだ。

あまり減っていない水入れの水を替える。床ずれを防ぐために寝返りを打たせようとしても、猫は、「ハーッ」と威嚇して触らせようとしない。とは言え、床ずれ防止の手袋をはめられた前足を構える力もないらしく、威嚇は息だけだ。基本は介護ケアをしないのだが、依頼主に頼みこまれた陽太が、専門的なケアまではしないことを条件に請け負った。依頼主の事情が事情なだけに今回は仕方ない、と言っていた。

威嚇する猫を、淡々とひっくり返す。見た目よりずっと軽い。薫の心象に与える軽さは、ハエやクモよりはるかに軽い。骨を直に触っているようだ。それだけ痩せていても心臓は動き、ぬくもりがある。ひょっとするとこの重さは、心臓のみの重さなのかもしれないとすら思えてくる。

その乾燥してひび割れている耳にクリームを塗る。ハーッとやられながら、オムツを換える。腹部も目立って上下しないので、生きていることを確かめるためにときどき手を近づけて、ハーッとさせる。猫は律儀に威嚇してくれる。三十分ほど撮影したら窓を閉める。

「帰ります。また四時間後、お昼は柚子川が来ます」

その足で、マンションからバスで十分の総合病院へ向かった。三階、ナースステーション向かいのふたり部屋に今回の依頼者、南栄がいる。同室の患者は今はいなかった。

南はベッドに横になって窓へ顔を向けていた。そこからでは窓枠に遮られて景色は半分しか見えないはずだ。

五十九歳バツイチ男性。鼻に管をつけている。管は酸素吸入装置につながれている。腕も点滴の管につながれている。囚われの身、という言葉が薫の頭に浮かぶ。艶のない皮膚を走るしわは太く深く骨にまで達していそうだ。薫の両親と同い年なのに目の前の男は一回りも老けて見える。

薫の姿を見ると、ああ、とぎこちなくも表情を明るくさせ、手元のスイッチでリクライニングを上げた。横になったままで結構ですよと言ったが、彼はいやいや、だか、なあに、だか言いながらやっぱり起きたのだった。おかけください、と赤いビニール張りの簡易椅子を勧めてくれる。その声は呼吸の雑音のほうが大きい。ダボダボの寝巻きの襟元から、貼るタイプの肌色の麻薬が見える。

動画を見せながら猫の様子を伝えれば、南は穏やかな顔で聞く。

「ははは。マコトくん、『ハーッ』ってやってますね」

マコトくんというのは、さっきまで薫が撮影していた十七歳の猫だ。人で言うと八十過ぎとのこと。立派な老猫である。

「すみません、上手につき合えなくて」

「いやいや、あのヒトはみんなにそうですから、シッターさんが気に病む必要はありません。……ハーッてやるってことは、まだ元気なんだな。ああ、ほら見て見て」

灰色がかった指で画面を指す。そのもろそうな爪に注目してから、薫は画面を見る。風に毛をなびかせるマコトくんは、目を半分閉じて手袋をはめた前足を、ゆっくりと掻くように動かしている。

「こうやってにぎにぎするのは、お母さんのお乳を飲むときのクセが残ってるんですって。もうこのヒトも八十の爺(じい)さんなのにねえ」

その顔に、安堵(あんど)と寂寥(せきりょう)が滲(にじ)み出る。会いたいなあ。私に捨てられたと思ってないかなあ。

「南さんは外出ができないのですか?」

「どうだろう。考えてもみなかった。ちょっと先生に相談してみようかな」

薫に調子を合わせただけのようで、熱意がない。カメラを薫に返す。

ベッドサイドのキャビネットには何ものっていない。花も飾られていないし、老眼鏡やコップの類もない。カレンダーや、マコトくんの写真すらない。ベッドの柵には銀行のロゴ入りのタオルが一枚。マンション同様殺風景であり、殺伐としている。

「マコトくんの写真がないのが不思議でしょう？」

薫の心中を読んだように南が自ら水を向けた。

「マコトくんの姿を見ると、死ぬのが怖くなるんですよ。日を浴びたり、空気を吸ったりができなくなるというのを思い知らされて怖くなるんです。あなたのとこの社長さんが言うには、私のほうがマコトくんより先なんだそうですね。彼を信じます。私もそのような気がしていますから。あの子を遺したまま死ぬのが怖い。だからせいぜい、マコトくんを見るのは一日一回ぐらいでいいんです」

南の希望で、報告は日に一度となっているため、柚子川も社長もここへ来ることはない。

「カレンダーもね、あるとどうしてもカウントダウンしちゃうからね。自分が迎えられない未来のカレンダーを眺められるほど、強くはありませんから――」

薫は南を眺める。マコトくんに向けていたのと同じ眼差しで。それは、パソコンモニターや信号機に向けるのとまったく同じ視線である。

同室の患者が車椅子を押されて入ってきた。初老に見える。押しているのは奥さんだろうか。三十前後らしき娘さんはスイートピーを生けた花瓶を胸に抱いている。仲睦まじい。

　薫は席を立った。


　以下は、社長から聞いた話による。

　南栄（五十九）。大手電機メーカー在職中、病が見つかったために前倒しで退職。鉈屋町にある築八年の１ＬＤＫマンションは持ち家で、ローンは完済。

　十六年前に別れた妻・三田村香苗（五十八）、飲食店パート従業員、独身。長女・三田村真理（二十八）、バツイチ、カラオケ店勤務。彼女には娘あかね（九）がいる。長男・三田村正典（二十六）、フリーター。三人は離婚前からの一軒家（建売）に住み続けている。

　南は離婚してから子どもたちとは年に一度程度、電話で話すぐらいで、一度も会っていない。

　依頼対象は、南の亡き母親が田舎から連れてきたキジシロ猫のマコトくん。離婚時に南が持っていったのはマコトくんだけ。警戒心が強い。看取り予定はひと月後の七月二十八日午前十時から十時半の間。

　マコトくんのシッターになってから三日。病室に通って三日。薫はまだ元妻や、実子の姿は見ていない。

その日、薫が南の元へ赴くと、ベッドの前に見知らぬ中年婦人がふたりいた。顔と体格が恐ろしく似ている。ひとりはボーダーのTシャツにベージュのコットンパンツ。もうひとりは翡翠（ひすい）色のワンピースにからし色の七分袖のサマーカーディガンを羽織っている。ボーダーシャツのほうは化粧をしていないが、ワンピースのほうは目の際や唇の際まで手抜かりなしのフルメイクをしていて、薫から見たらひとりの人間のビフォーアフターに見えた。

ふたりは疑り深そうな視線で薫を上から下まで見る。彼女らの動きはぴたりとシンクロしており、見ていると酔ってくる。薫は目をこすった。

「やあ、シッターさんいらっしゃい。こっちが有希（ゆき）で、こっちが千佳（ちか）です。私の双子の姉です」

南がわずかに遠慮した口ぶりで紹介する。有希がボーダーシャツで、千佳が翡翠ワンピースだ。有希は花巻市に家族と住んでおり、千佳は青森県で夫とふたり暮らしをしているという。

薫が挨拶をすると、南は次いで、双子に薫を紹介する。

「こちらが今話していたマコトくんのお世話を頼んでいるペットシッターの……ええと」

「小島薫と申します」

薫は一礼する。

「そうそう小島さん」

「ふぅん」

有希が腕組みをする。腕組みの下から腹が突き出る。

「他人に鍵を預けて大丈夫なの？」

品定めするように目を眇めて薫を見る。

「姉さん、失礼だろ、仕事は信用なんだから」

いつも薫と話している柔らかな雰囲気はなく、自らの姉に対してどこか、硬い。

薫は自分のペースを保ったまま、動画を提示しマコトくんの様子を報告する。

敷物ごと持ち上げて量った体重は昨日より減っている。水の減り具合、えさが手つかずなのを伝え、空調は二十七度、湿度五十五％でずっとかけっぱなしであることも昨日と同じだが、漏れなく伝える。

説明している間、双子はお喋りに夢中だ。「分かるわ〜」「分かる分かる〜」と鏡に向かって独り言を喋っているように全面的に肯定し合っている。

病室に、また新たな客がやってきた。今度は四人である。南と同年代とおぼしき女性と、南に目元が似ている二十代に見える男女、ポニーテールの小学三、四年生ぐらいの女児。

入ってきた瞬間、双子のお喋りはぴたりと止み、病室の空気がキンと張り詰めた。

カメラから顔を上げた南が四人に顔を向け、数秒の黙考のあと静かな呼吸をひとつした。

「やあ、久しぶり。よく来てくれた」

南はあくまで穏やかな口調を崩さない。

「あらこんにちは」

まず双子の妹の千佳がおざなりに挨拶した。

「母の葬儀以来ね。あなたたちのおかげで母は長く苦しまずに逝けたわ。その節はありがとうございました」

刺々しい口ぶりの彼女に、新参者の女性ふたりが鋭い視線を投げる。

「おじいちゃん、大丈夫?」

女児がチョコチョコとベッドに近寄ると、柵にもたれるようにして南の顔を覗きこんだ。

「ははは大丈夫だよ。君があかねちゃんだね。電話では話してたけど、会うのははじめましてだね」

千佳が腕組みをして鼻息を吐き出した。有希がたっぷりした腰に両手を当てて女児に顎を振る。

「何、この子」

ぶっきらぼう極まれり。空気はいよいよもって鋼鉄化。

「真理の子で、あかねです。九歳になりました」

南と同年代ぐらいの女性が緊張した口ぶりで答える。千佳が笑みを浮かべる。

「あなたの……ああ、お宅お名前なんていったかしら。ごめんなさいね忘れちゃって、あなたのお孫さんなのね」

「三田村香苗です。——あかねは栄さんの孫でもあります」

きっぱり言う元嫁の、気の強さが窺えた。有希が顔を斜め上に背けて短いため息をつく。

「あなた、よくまああのこのこやって来れたわね。十六年も交流が途絶えておきながら、元亭主がこうなっちゃったらさっそく出張ってきたわけね。目的が見え見えなのよ」

「はあ？」

真理という娘が割りこむ。「途絶えていたわけじゃないわ。電話はしてたもの。それに、目的って何よ」

気色ばむと、その腕を香苗が引き、彼女たちに向かって小首を傾げた。「ごぶさたしておりました、お義姉さんたちはお元気そうで何よりです」

首を傾げたのはどうやら、会釈のつもりのようだ。

千佳がアイラインで鋭く描ききった眦を吊り上げる。

「入院の保証人、誰がなってると思ってるの？」

「すみません、パートの仕事はあまりお給料が良くないので、保証人は……」

「何言ってるのよ、あなたもしかしてあたしたちがお金が余ってて保証人になったなんて勘違いしてないでしょうね。こっちは年金暮らしなのよ。入院した当初は顔も出さないで、今になって来たってことは腹の中に企み（たくら）があるからでしょう」

蛇に似た目の元嫁は嘲笑を浮かべた。

「企みってなんですか。何を企むって言うんですか」

「栄が持ってるお金を狙ってるんでしょ」

「何を根拠に」

「子だの孫だの引き連れてきたってことがその証拠でしょうが！」

「いいがかりはやめてください」

「いいがかり？　盗人猛々しいってあなたのためにある言葉よ、三田村香苗さん。慰謝料としてふんだくった家のほかにもまだほしいものがあるってのね」

と、千佳が言えば、有希が罵る。

「どこまで欲の皮を突っ張らせりゃ気がすむの。その欲で、お肌のしわでも伸ばしときなさいっ」

おすぎですピーコです、と続けそうな剣幕である。言い争いの最中、長男の正典は横を向いて笑いを堪えており、孫のあかねはキャビネットを開けて中を掻き回していた。

同室の患者が家族とともに入ってくると、女性たちは消化不良の顔つきをして、口を噤んだ。

険悪な雰囲気の中、薫は平常どおり報告をすませると、病室を出てエレベーターに乗った。一階に着いてドアが開けば、そこは吹き抜けの開放的なロビーだ。売店があり、自販機がずらりと並び、精算機、大型テレビが数台設置されている。薫は背中合わせになっているシートに、正面玄関を向いて腰かけ、社長の迎えを待つ。薫の次の現場までの時間や陽太の用事に余裕があれば、迎えに来てもらえるのだ。

人の流れをぼんやり眺めていると、右手の三台あるエレベーターのひとつが開いて双子が出てきた。大きな声はよく通る。声質もそっくりなので会話形式の独り言のように聞こえる。

「遺言状なんかはどうしてるのかしら、用意してるのかしら」

「そういう話、ひとつも出てこないわ」

背後のシートに座った。「タクシー呼ぶから」と双子のどちらかが言う。

「聞いておかなきゃいけないじゃない」

「有希、ひょっとして財産狙ってるの？」

「まさか。どうせ、あちらに何もかも持っていかれるでしょ。法律上、相続権は実子にあるんだから。それに、栄は常務って言ったって、ただの会社員だったし、慰謝料だ自分のマンションだってお金かかって、財産なんてそう残っちゃいないわよ。——あ、もしもし中央病院まで一台お願いしますね」

「じゃあなんなの」

バッグを漁る音。セロハンのような音がして、「千佳、食べる？」「ありがとう」というやり取りの後にストロベリーの香りがしてきた。

「お墓の管理よ。栄が今までやってたわけでしょ。あたしたちにだって、向こうの両親の墓があるんだし、あたしたちはもう南の家からは抜けたんだから、栄の長男たちがやるべき」

口に何かを含んだらしく、声がこもる。

「だめだめ。有希、あの人たちに任せられないわよ」

「何もお墓参りをしないってわけじゃないの。管理の話よ。寄付だ、管理料だって馬鹿みたいに取るのよ、あそこの寺。そういうところを被ってもらわなくちゃ」

「あら、そうなの？　有希、よく知ってるわねぇ」

「お墓参りに行ったときに隣の人から聞いたのよ」

「そういうことならやぶさかじゃないわね——。この飴、おいしいわ」

「新発売なの。しかもコラーゲン入り」

「あら嬉しい。コラーゲンは大事だもの」

「コラーゲンほど大事なものはないわ。三田村さんが栄のもんを一切合財持ってくってんなら、当然すべきこと。それと、入院費の支払いに、後始末も。ほら、猫だってどうするか、よ」

「ああそういえば猫がいたわね。あとどれぐらい生きるのかしら。そういうこと話し合っておかなきゃ。お金だけさらって墓だの支払いだの猫の世話だのを丸投げされちゃかなわないわ」

車寄せにタクシーが入ってくると、ふたりは腰を上げた。

サンダルとヒールの音が横を通っていく。歩調はぴたりと重なる。双子は目をこすっている薫に気づくことなく自動ドアを潜り、タクシーに乗った。

彼女らが去ると、再びエレベーターが到着して三田村一家がおりてきた。一番最初にあかねという女児がおりる。ポータブルゲーム機に没頭している。人にぶつかりそうになっても我関せず。相手に避けさせる。相手には避ける義務があって、自分には突き進む権利があると主張していた。続いて娘と元嫁。タクシーがいないわ、と香苗。悪態をつきつつバッグを漁ってスマホを取り出す真理。最後に明るい髪色を手で梳きながらの長男。

三田村家の女性陣も薫に気づくことがない。そのまま近くのソファーに腰かけた。香苗が、ゲームに没頭したまま外へ出ていこうとする孫を、大声で呼び止める。病室での声の張り方とまるで違い、周りの人が驚いて顔を向けるほど伸び伸びして堂々としている。

「あれ、シッターさん。名前なんて言ったっけ」

長男の正典が薫の前で足を止めた。初対面相手にいきなりタメ口を利くことに躊躇いはないような自然さだった。薫は名乗る。

「何してるの？」

「お迎えを待ってるんです」

「彼氏？」

「社長です」

「うわあ、すごいね君。社長を使ってるんだ」

あかね、あんたおじいちゃんに手紙書きなさい、と母親が命じている。薫はその声に気をとられる。え～、面倒臭いと娘が答える。お金ほしいんでしょ。ほしい。書きなさい。なんであたしばっかりぃママだって正典兄ちゃんだってほしいくせに。あんたが書くのが一番効果的だからよ。女児はふくれっつらをする。あたし上手じゃないし。おばあちゃんが文面考えてあげるんだからあんたは写せばいいだけ。もお……ねぇ、あたし明日も来なきゃだめ？当たり前でしょ。え～やだぁおじいちゃん臭いんだもん。お金ほしいなら我儘言わないで。

「うちの女性たち、きついでしょ。最終的に勝つのは誰なんだろう」

正典がいたずらっぽい目をして左隣に腰をおろした。薫は触れそうになる自身の左肩を一瞥する。

「父さんの猫って死にそうなの？」

腿に肘をのせ、下から薫を覗きこむ。そういう仕草が自分に一番似合っていると自負している雰囲気がある。

ひと月後に死ぬのが、「死にそう」と言っていいのか判断できず薫は黙りこむ。

「随分、金かけてるみたいだね。猫ごときにシッターまで雇って。てことはそれなりに持ってるってことか……」

視線を宙に当てて、手でキャメル色の髪の毛を梳く。

「遺言状とか見つけてない？」

「見つけてません」

「いやいやいや。たぶん、自宅マンションのどこかにあるはずだよ」

正典が膝を詰めてくる。

「ねえ、探してみようよ」

正典の手が薫の背中へ回されたとき、靴音が近づいて来て、薫の前で止まった。薫が顔を向ける。大きなマスクをつけた陽太が見おろしていた。天窓からの光のせいで、目元にどす黒い影ができている。

「社長――」

「お待たせしましたどうも社長です、そちらさんは？」

一分の隙もない棒読み。眉をうっすらとひそめて正典に視線を転じる。

「南さんの息子さんです」

社長の眉の間が広がった。

「あらっあらら。そぉなんですか。これはこれはどぉも〜」

辛うじて出ている目元にとってつけたような笑みを浮かべ、手をこすりあわせんばかり。

薫はキャリーバッグの取っ手を握って立ち上がった。

「いや〜、このたびは南様におかれましてはとんだことで、さぞやご心配されておいででしょう」

正典が肩をすくめる。

「猫のことなんて適当にしてよ。時間で請求されるんでしょ？　早く切り上げてくれて構わないから」

「さようでございますか、それならばそうさせていただきます、うちは良心的なプランと料金設定で」

　正典は顔を背けて、ハエを払うように手を振った。

「ああ、オレ、男の話は聞かない主義だから」

「おやおやおや、さようでございましたか。それは大変しつれ……」

　薫は腰を屈めた社長のシャツの裾を軽く引く。

「社長」

　急かすと陽太は体を起こした。

「それでは失礼いたします」

　丁寧に媚を売る。薫は正典に一礼して肩を返す。

「薫さん、また話そう」

　正典に声をかけられた。薫は振り返って「分かりました」と答える。正典が「分かりました、だって」と目を細め、口元を歪めた。

　パオにキャリーバッグを投げこんだ陽太は、運転席に乗りこむや否やマスクをむしり取った。鬼の形相に、取り忘れた鼻栓がちぐはぐである。

「なんっなんだあのガキッ」

鼻声で怒鳴り、ハンドルを殴りつければ手がずれて、ビッとクラクションが鳴り、座席で跳ねたのは当の本人。びっくりした拍子に鼻栓がどっかへ飛んでいった。

一回エンストさせたのち、車道に出る。

「ガキッて、正典さんのことですか」

陽太よりは年上ではなかったか。

「オレに指図をしていいのは依頼者だけだ。ああムカつく」

ハンドルをいいだけ殴打し、フリスクをガリガリと噛み砕いた。

「何が『薫さん』だ、馬鹿たれが。——薫、何か変なこと聞かれたか」

「いえ、特には」

「電話番号だのメアドだの聞かれたんじゃねえだろうな」

「背中に書いてありますから聞く必要はないでしょう」

「おっめぇのだよっ」

「聞かれてません」

陽太はハンドルから身を起こして深く座り直すと声の調子を改めた。

「なんでも聞かれたとおりにベラベラ喋るんじゃねえぞ」

「はい。明日からのケアの時間はどうしましょう」

「これまでどおりの時間でやれ」

「はい」


帰宅すると、玄関のたたきに両親の黒い革靴が揃えられていた。気を取られていると、

「おかえり」と聞こえた。

母がリビングから出てきた。エプロンをして普段着に着替えている。たぶん、両親の寝室には喪服が吊るされているのだろう。

「ただいま」

「疲れたでしょ。甘いものあるわよ。何だと思う？」

毎年のことなので、団子だと分かっていたが、去年同様「なんだろう、楽しみ」と目を大きく開け、口元を上げる。

母はにんまりした。

「リビングに用意してるから、手を洗ってきて」

言われたとおりに手を洗ってリビングへ入ると、父がソファーに腰かけていた。この日は

毎年、両親して父の田舎を訪問する。

ローテーブルには重箱がのっている。父が勿体つけた手つきで開けた。

品よく粉をまとう優しい白色の団子が、隙間なく詰められている。

両親が薫の様子を窺う。薫は意識して「わあ」と歓声を上げた。

「おいしそう。食べていい？」

「もちろんだよ、薫が帰ってくるのを待ってたんだから」

期待したとおりの娘の反応に、両親は笑みをこぼす。

薫はおいしそうに食べる。もっと召し上がれと母に勧められれば、手を伸ばす。あまり食べたらお腹壊すよ、と父に心配されればやめる。

父の実家では祖父母が健全だ。もう十年以上前、薫は一度か二度、墓参りで会ったことがある。燻製にされるんじゃないかというほど線香が焚かれていて、それは祖父母の燻る胸の内のようにも感じられた。

薫が行けば、祖父母は気を遣うし、両親も家にいる以上に薫を気にかける。彼らの態度はまさに「ハレモノに触る」ようだった。薫は薫で気を遣われると萎縮してしまい、誰にとっても居心地がいいとは言えない空気が出来上がってしまう。

学年が上がるにつれて部活や勉強で忙しくなり、両親ふたりだけで行くようになってくれたことは、幸いだった。

「おばあちゃんのお団子、やっぱりおいしいね」

「ね。皮がもちもちで厚いところが、母さん好きだわ」

「親父の小豆もよくできてる」

毎年同じ会話をする。台本化されたセリフは、アドリブをよしとしない。それでいい、と薫は思っている。両親もそうだろう。今まで台本以外のセリフが挟まれたことは一度としてないのがその証拠だ。

——が。

「ごちそうさま」

父がお茶をすする。

「あら、お父さんふたつ切りでいいの？」

台本外のセリフに、薫は緊張した。いつもは三つ食べる父がふたつだけとはイレギュラーだ。薫は作り笑いすら忘れて父を凝視する。父は肩をすくめる。

「もう年だなあ。五十九にして団子三つはないだろ。腕白小僧じゃないんだから。ふたつでもきついよ」

「じゃあ、残りは冷凍しておくわね」

会話の行く末をハラハラしながら見守っていたが、母の決まり文句で締めることができた。

薫は肩の力を抜く。不安は残る。むずむずして落ち着かない。みんな年を取っていく。それに合わせて台本も書き換えねばならない。台本を書き換えるのなら、触れずにきたそれを、これから先もそのままというわけにはいかないのか。

ガランとしたフローリングにぽつんと置かれた猫ソファーで寝ているマコトくんに、南の様子を伝える。マコトくんは例のごとくあまり言葉を返してはこないが、気が向けばひと言ふた言口の端からこぼすこともある。

今日は、双子と三田村家がやって来て、病室で展開されたバトルを聞かせた。

——しょくなし。

「職なし？　仕事がないのですか？」

マコトくんが不満げに鼻を鳴らす。

「食べ物の食のほうですか？」

マコトくんは黙る。どうやら正解のようだ。

「召し上がるのでしたらご用意いたしますが」

マコトくんは鼻にしわを寄せた。なるほど、そういうことではないらしい。ベランダの手すりから部屋を覗いている二羽のカラスが訳す。

『ばあさん食なし』

薫はカラスに目を向ける。ばあさんと言えば、南や双子の亡き母親のことしか思い当たらない。

「食がないとはどういうことでしょうか」

マコトくんは黙する。しんどそうに腹が膨らんだり萎んだりする。

南の話では、彼の実家は、盛岡から電車とバスを乗り継いで五時間の山里にあったそうだ。父親が亡くなったのを機に、実家を売り払い、母親のキヨを呼びよせたのだという。

——いいなり。

マコトくんの言葉に、薫はカラスを頼る。

カラスは太いくちばしを上げると薫を横目で見る。

『香苗の言いなり。あんタと同じ。損損損』

二羽が交互に、損損損とわめく。カラスは損得にえぐい。

「そうなのか。私はそういうタイプなのか」

『ほらまタそれダ。言いなり言いなり』

――あつい　くさとり　かぎ。

はらり、はらりと、マコトくんは言の葉を落とす。

――なみだ。

梅雨なのに、雨が降らない日が続いている。たまに日差しは夏のように勢いづく。病室に燦々（さんさん）と日が注いでいる。

カーテンを引かないのは、廊下側の患者に光が届かなくなるのが悪いと、南が慮（おもんぱか）っているからだ、とカラスが、聞いてもいないのに声高に教えてくれた。どうせ自分はもうすぐ死ぬから眩しかろうがちょっとの我慢。カーテンを閉めて部屋を薄暗くさせたことで同室の患者に不快な印象をもたれたまま死ぬのは切ない。

本人が言うようにもうすぐ死ぬのなら、誰を不快にさせたって、自分の印象が悪くなったって構わないとは考えないようだ。

南に猫の様子を報告していると、三田村一家が入ってきた。昼日中、こうやってたびたび顔を合わせるのは、彼らがよほど時間に融通が利くからなのだろう。薫がこんにちはと挨拶をしても、愛想よく返してくれるのは正典だけで、女性陣は一瞥、あるいは無視。

白いスクールソックスにミニのプリーツスカートをはいたあかねが、薫とは反対の窓側のベッドサイドに回りこんだ。

「あかね、おじいちゃんにお手紙書いてきたの」

今日はまたずいぶん舌っ足らずで幼い。ランドセルから手紙を出すと肘をまっすぐ伸ばした両手で南に渡す。南は顔を綻ばせる。日差しに負けそうな淡い笑みに対して、顔に落ちる影は濃い。

「そうかい、嬉しいなあ」

「絶対お返事ちょうだいね」

「うんうん、もちろんだよ」

わーい、楽しみ。できるだけ早く頂戴ねあかね待ってるから。ベッドに両手を突いてぴょんぴょん跳ねる。ベッドが揺れる。点滴の管が柵にぶつかってうすら寂しい音を立てる。背後の母親が得意げな顔をしている。「お返事」が「遺言状」を意味していることを見抜けないほど薫は馬鹿ではない。南のしわに埋もれ落ち窪んだ目を見やる。

「できるだけ、早く、だね」

南は穏やかにそう、繰り返す。

エレベーターホールで患者や見舞い客に混じって下りのエレベーターを待っていると、

「猫のおばさん」と背後から声が聞こえた。

薫は携帯を取り出して陽太に仕事が終わったことを連絡する。

「ちょっと、猫のおばさん」

キンとした大きな声に、衆目が集まる。薫は後ろから腕をつかまれた。肩越しに見ると、腕をつかんでいたのはあかねだった。

「お客に呼ばれといて無視していいの？　おたくのえらいひとに言っちゃうから」

彼女はツンと鼻を上向け、作業着の電話番号を指す。先ほどの舌っ足らずさは微塵もない。

「気がつきませんで、申し訳ございません」

「しらっじらしい〜。ちょっと来てよ」

引っ張られてガラス張りの談話室へ連れていかれた。

あかねは鉢植えの観葉植物の葉をむしり取りながら窓際を目指し、合皮張りのソファーに、どさりと腰をおろした。ランドセルを床に放って、こんなの背負ってお見舞いに来なきゃならないのよ、くだらない、と足をのせる。

「おばさん、猫のせわしてるんでしょ？　おじいちゃんちに出入りしてるんならじゅうよーしょるいがどこにあるか調べられるでしょ」

「じゅうよーしょるい」

首をかすかに傾げて見おろすその態度が気に入らなかったのか、あかねの目が吊り上がる。

「ほんっとおとなってしらじらしいんだね。じゅうよーしょるいよ、分かるでしょおとななんだから。おじいちゃんもうすぐ死ぬんでしょ。そうしたらあの双子のばーさんたちが先に見つけちゃうかもしれないじゃない。お金をふんだくられる前に、あたしたちがもらわなくっちゃ」

息巻くあかねに対して、薫の表情はさっぱり動かない。その無反応をどう受け取ったものか、彼女はだって、と口を尖らせた。

「だってほしいものがいっぱいあるんだもん」

「あるんですか」

「何よ、おばさんにだってあるでしょ」

特に思いつかないので黙っている。

「ないの？　ないんだ。だまってるってことはないんでしょ。うっわぁつまんない人」

つまんない。前の会社の同僚にも、つき合っていた男にも同じことを言われた。

つまんない人つまんない人、とあかねは座ったままランドセルの上で足踏みをしてはしゃぐ。

「ねーねー、あたしが何がほしいか当ててみて」

「私がですか？」

「ほかにだれかいる？」

「お金で買えるもので、ですか？」

「あのね、あたしは今何について言ってるの？」

「思いつきません」

「おばさん、考えないですぐにあきらめちゃうのね」

はい、と薫は認める。実際、これまでの人生で深く考えたことはない。九歳の女児は、おとなびた白け顔をした。

「あ〜、つまんない。それって死んでんのと同じじゃん」

「死んでるのと……」

あかねがランドセルを飛び越えて薫の前に立った。背丈は薫の胸までしかない。その子が腰に手を当てて下から覗きこむ。

「自分で考えないと、頭がくさって落ちちゃうんだから。それでだれかよその人の頭とすげかえられちゃうんだよ」

とっておきの怖い話を聞かせるように、そう囁（ささや）いた。

マコトくんの死亡予定日まで残り十日。その日、マンションのドアを開けると異臭がした。リビングに踏みこむと、マコトくんは猫ソファーに上半身だけ収まり、下半身をはみ出させて寝ていた。引きちぎられたオムツの残骸が打ち捨てられていて、寝床にねっとりとした下痢状の糞があった。マコトくんは糞まみれである。オムツが不快で自力で外したらしい。糞をひり出し、オムツを外すほどの体力がまだある。ほとんど食べないのによくこれほど出したものだ、と薫は感心した。

マコトくんを洗おうと手を伸ばすと、恒例のハーッの洗礼を受ける。

「それじゃあ先にベッドを洗いましょう」

断ると、マコトくんは目を細めた。

動物ははっきり言葉を言うこともあれば、強い感情だけを表明してくることもある。マコトくんは、不愉快な感情を毛の一本一本にまで行き渡らせることで表していた。

ウォッシャブルの猫ソファーを浴室へ持ちこみ、パンツの裾を折り上げ、シャワーをかける。敷かれているクッションの隙間から底へと糞が流れこんでいるため、外した。底にあったものを見て、薫の手が一瞬止まったが、自分が今すべきことを思い出して、それを一旦除き、ソファーにシャワーをかけてブラシでこすり、すっかり綺麗にした。踏みつけて、ある程度水気を絞ってから、除いたものを元に戻し、ベランダに干す。首に巻いたタオルで手を拭きながら、薫はマコトくんを振り返った。

「これからはオムツはしないようにしますか?」

マコトくんの耳が立つ。ひげも張る。

「じゃあ、そうしましょう。好きなところにして構いません。その代わり洗わせてください」

マコトくんは頭を床におろして、ぶすぶすぶす、と鼻音を立てる。薫はマコトくんを抱き上げ洗面所に連れていく。洗面ボウルに湯を張り、糞で毛が固まっているマコトくんを浸して、頭が湯の中に落ちないように左手で支えた。柔らかく脆い頭蓋骨。骨まで衰弱しているようだ。洗われるマコトくんは身を硬くしている。手術の傷跡に触れると、シャアアアと威嚇した。薫も真似してシャアアとやると、マコトくんはシャアアアの口のまま固まって目を丸くした。

タオルで拭いていると、マコトくんが出し抜けに、何にもない、と言った。部屋の状態を言っているのか、自分自身のことを言っているのか、定かではない。それ以上話さないので、薫も黙って手を動かし続ける。猫は基本的に言葉少なく、唐突で、よってその言葉は難解となる。ネガティブ傾向で、思惑的でもある。一方の犬は大概、お喋り好きで明朗単純。言葉も比較的ポジティブなことが多い。カラスは皮肉屋、下品な話が好き。ハトは愚痴っぽい。爬虫類は、目の前にある事象のみをありのまま、一本調子で述べる。

通り抜ける風を受けながら、マコトくんは前足をにぎにぎさせる。四肢にはめている手袋を洗ったので乾くまで応急措置として軍手の指を切り、輪ゴムで四本の足にはめた。マコトくんはただ、不満げにぶすぶすぶすぶす、と鼻を鳴らす。

窓からの日差しが病室内を照らしている。

薫がやって来た気配に、横たわっていた南の目が開いた。目を細め、やあと頬を緩める。

「起こしてしまいましたか？」

「いえ、眠ってはいません。お気になさらないように」

薫は南の言葉を素直に受け取った。ビニール張りの赤い椅子に腰かけたら早速報告する。南は汚物まみれの惨状を動画で確認し、我が子のヤンチャぶりに微笑んだのち、薫に真面目な顔を向けた。

「大変だったでしょう、後始末が」

「いえ」

「ご苦労をおかけしております」

「苦労だと思ったことはありません」

口調は硬いが、穏やかなので南も屈託なく受け取る。

南がクッションの底にあったものに触れなかったため、薫も黙っていた。

「私が死んだら、マコトくんの面倒を見てほしいんです。火葬して、海に散骨してほしい」

「はい。契約ではそのように承っています」

南は、内部での伝達が行き届いていることに安堵してか、表情を和らげる。

「ご面倒をかけて申し訳ないけど、何とかよろしく頼みます」

「かしこまりました」

淡々としている薫をどう思ったのか、彼は息を継いで続ける。

「不思議な子だね、あなたは。こう言ってはなんだけど、とらえどころがない」

薫は、日の光に飲みこまれるほど薄いその体に目を眇めた。南はまた、動画に目を落とす。にぎにぎしてるね、と目元を緩ませる。カメラを薫に返し、顔を窓へ向ける。窓の手すりに二羽いるカラスは、薫にはいつもの連中だと分かる。

同室の患者が奥さんと娘さんとともに車椅子で入ってくると、南はそちらへ注意を向けた。彼らは話が弾むということはないが、だからこそ、ひと言ふた言の中にしっかりと確立されたぬくもりが見て取れた。

「そこに」

と、南は入り口を目で示す。薫は視線を向けた。

「誰かが立ってるんです」

「立ってるんですか」

今は誰も立っていない。誰も通らない。他の階と違って、この階は特にひっそりとしている。

「今はいないけど、明け方、気がつくといるんです」

「どういった方なのでしょうか」

「全身黒い影で覆われていて、つかめません。つま先がこっちを向いてますから体がこっちを向いているのは確かなんですが」

「つま先は見えるのですね」

薫が言うと、そこで初めて閃いたみたいに、南は「ああ、そうか。そうですね。つま先だけは見えてるんです」と合点した。

「足は大きいのですか？」

「いいえ。私より小さい。ということは、背も小さいということになるんでしょう」

「そうなのでしょうね。部屋には入ってきませんか」

「ええ」

南は頭をわずかに動かす。抗癌剤を打っていないので、髪の毛はあり、それが枕にこすれて枯れ葉のような音を立てる。

「つま先は、私のベッドのほうを向いているので、用があるのは私に、だと思います」

同室の患者は、南のはす向かいにいるからだ。


マコトくんの報告を聞き終えると、南は決まって、今朝もそこに誰かが立っていたと教えるようになった。誰であるかは分からないが、足は見える、と。

「今朝は膝まで見えました」

しかし、入り口からこっちには入ってこないという。

「ベージュのズボンをはいていました。膝より上は依然として黒くてぼんやりしたままです。影のような霧のようなものに覆われています。部屋を替えてもらおうかとも一時は考えたんですが」

南は首を振る。

「でも、やっぱりいいや、と思いました。そのうち、顔が見られるかもしれないから」

どうして、と薫は思わない。南がそう判断したのなら、理由を尋ねる必要はないし、そもそも薫は他人の行動の理由を知りたいと思わない。

「顔を見たいんですね」

「はい」

南は苦しそうに息を吸う。

訪れるたびに、南は言う。今日は腿まで見えた。両脇におろされた手が見えた。クリーム色のブラウスを着たお腹まで見えた。

「佇(たたず)まいや、まとっている空気から考えて、知ってる人かもしれないです。でも相手は私を見ているのかどうか定かじゃありません。体はこっちを向けているんですが、こっちに意識を向けているのかどうかは分かりません」

一瞬だけ薫に視線を向ける。

「実際は、私など見ていないかもしれない。私を素通りして、その背後を見ているのかもしれない。そんなあやふやな雰囲気があります。なにしろ影だからどうとも判断がつかず、何となくそんな感じがしているだけなのですが……。だから顔を見せてほしいです。こっちを見ているかどうか確かめたいです」

薫は自分の中の、長いこと触れずにいた記憶のふたが浮いた気配を感じた。

——古くて小さな台所の流しの今にも切れそうな蛍光灯の下、アルコールをラッパ飲みしている母親。薫の実の母親だ。テレビとたんすの間に体を押しこんで、薫は母の横顔を見つめている。こっちを向いて、と思っている。こっちを見てお母さん。私を見てくれたら言いたいことがあるの。お母さん、減っていくお酒じゃなくて私を見て、私は減らないから。

——そう思っていたけど、あれが続いていたら、私も減っていったのかもしれない。

お母さんは、殴るときも蹴るときも、罵倒するときでさえ私をまともに見たことはなかったのに、あの日はまっすぐに私を見ていた。いや、あれは私を見ていたのではなく母子家庭の行く末を見ていたのかもしれない。まっしぐらに向かわざるを得ない、ゼツボーの未来を。あのころ、薫母子にとって未来は深い穴だった。

「同じカラスだと思うんだけど、あのカラスは毎日やって来て何をしてるんだろう」

南の声に我に返る。

南が眺めている窓の外へ薫も顔を向ける。

一羽は羽づくろいをし、もう一羽は明後日（あさって）のほうに顔を向けながらこっちに目だけを向けている。

「カラスは人の生き死にを嗅ぎ取るといいますが……」

待ってるのかなあ、と南は漏らした。

あの事故のあと、お母さんが入院することになったと説明され、伯父夫婦の世話になることになった。

前に住んでいたアパートは伯父の家から南に二駅のところにあるが、行こうとも考えなかった。お母さんのことは聞かないことに決めた。聞いて万一、伯父夫婦に気分を害されたら追い出されるかもしれない。お母さんのことは忘れよう。そう決めたら、胸が軋んだ。喉が閉めつけられた。寂しくて寂しくてしかたなかった。しかし、涙は出なかった。

見舞いに行きたいと言い出さない薫に、伯父夫婦も水を向けることはなかった。お互いの間に、その話題には触れてはならない空気ができあがっていた。小島家でのコミュニケーションにお母さんの話題は特に必要なかった。

薫には自分だけの部屋が与えられた。初めての自分の部屋である。最初、自分の部屋で何をしていいのか分からず、途方に暮れた。部屋の真ん中が怖くて、いつもベッド（これも初だ）と本棚（これも初）の間に体を押しこんで膝を抱えていた。そうしていればとりあえずは、後ろと左右の攻撃からは守られている。二日経ち、三日経った。その間、一度たりとも酒瓶が飛んできたり怒鳴られたりすることはなかった。

夏休みに入った日曜日の午後、リビングに呼ばれた。

薫はローテーブルを挟んで、伯父夫婦の前に正座した。足を崩していいよと言われたので、伯父夫婦を上目遣いで窺いながら恐る恐る尻を落とし、膝を抱えた。この姿勢が一番落ち着く。目の前のおとなは悲しげな視線を交わし合った。

網戸からセミの声と、ぬるい風が入ってくる。伯父夫婦がクーラーをつけるのは就寝時のみだ。体に悪いから、と。お母さんもクーラーはめったにつけなかった。特に薫がひとりでいるときには、つけてはならなかった。電気代がもったいないという理由で。同じつけないでも、理由は全然違う。そうか、この家ではそうなんだな、と理解した。

そうやっていろいろなことを薫は受け入れていった。お母さんのことは思い出さない、と気張るまでもなく、新しい出来事がお母さんの記憶の上にどんどん積み重ねられて、分厚いふたとなっていった。

空の果てで雷が鳴る。にわかに暗転。夕方でも夜でも明け方でもないどの時間帯にも分類できない時間のポケットに落ちたような奇妙な暗さだ。薫はこういう暗さに安らぎを覚える。

風が冷たくなった。大粒の雨が降ってきた。吹きこむ雨に、伯母が腰を上げようとしたため、薫はすかさず立って窓を閉めた。伯母が好ましげに目を細める。いずれ追い出されるかもしれないが、それまでは厄介者にならないようふるまったほうがいい。

伯父は咳払いして薫、と言い、居住まいを正す。

「お母さんが、亡くなったんだ」

薫の表情はピクリとも動かない。

薫はふたりを見つめているつもりだったが、ふたりからすれば、薫はどこを見ているのか定かではなかったのだろう、かすかな怯え交じりの不安そうな顔を見合わせた。動揺しない薫に、伯父夫婦のほうが戸惑ったようだった。

数日後、伯父の田舎へ行った。鬼のように焚かれた線香の煙の中、薫はお母さんの遺影を見上げる。薄く開けたその口から、お母さんに伝えようとして伝えていないままの言葉は、依然出なかった。

お母さんが、死んだ。

そのことをどうとらえればいいのか、薫はもはや分からなかった。

心は完全に麻痺していた。思考も、全く麻痺していた。

おとなたちに気を遣われる茶の間から外廊下を跨いで庭に出る。

四羽のカラスが庭の栗の木に留まっている。

目が合う。

じっと見返すと黒い鳥は一瞬目を逸らし、改めて薫を見た。

『あんダ、こごんぢの子？』

聞かれても薫は答えない。気が短いカラスは尾羽を震わせる。

薫が背後の開け放った茶の間を気にする素振りをしたら、カラスは伯父伯母・祖父母の声音を真似て勝手に話し始めた。

『保険はかげでダのがい？』

祖母の声。薫は肩越しに茶の間を振り返る。おとなたちは頭を寄せてひそひそと話している。

『かけてないよ。里香、そういうの一切やってない。子どもの夕めに貯金もしてなかっ夕』

伯父が答えた。里香とは、お母さんのこと。

『ほんとに里香さば困っ夕もんダっ夕。とんでもねえ母親ダ』

祖父の声。

『里香さんも、辛いことがあっ夕んでしょう』

伯母が遠慮がちにフォローする。

会話が途切れる。

『結婚のごど、反対しねばいがっ夕んダがなあ』

祖母が呟いた。

『こっタごどさなっちまっタのも、あダしタちが反対しタがらなんでねぇのがい』

『冗談ダろ』

伯父が鼻で笑う。

『相手は借金まみれのアル中男ダっタんダぞ。あんなのと一緒になるなんて許せるはずないじゃないか』

『それがおめ、何年が経つうぢに当の本人がそうなってしまっタでないの……』

カラスの口を通して祖母の弱々しい声が聞こえた。

『あタしタちも、結婚を反対しタことを悔やみましタ。もし結婚していタら相手の男性もいい方向へ変わっタのかもしれない、そしタら里香さんはお酒に溺れず、薫は里香さんと父親と幸せに暮らせていタかもしれないって。反対しタことで、薫の人生を潰してしまっタんじゃないかと』

『オレタちのせいじゃない。そんなこと、あるもんか……っ』

伯父が声を押し殺す。

薫は地面につま先で横断歩道を描いた。白と灰色に見立てて白い部分だけ踏みしつこく往復する。

『今さらもういい』

祖父が強く言い切った。

『とにかぐ、あの子のこどぁ守ってぃがにゃならん。一切責任がねぇのさ、一番の被害者なんダがらな』

実家を訪れた日から、しばらくして、伯父夫婦は抑制の利いた様子で、薫に養子縁組をしていいかと聞いた。養子というのはね、と伯母が説明するまでもなく薫はずいぶん前から知っていた。お母さんと暮らしていたころから、「ようし」か「しせつ」かどちらかを選ばねばならない日が来ると思っていた。どちらでもいいと思っていた。誰かが決めてくれればいい、自分はそれに従うだけだ。

薫はよろしくお願いしますと頭を下げた。

リビングの張り詰めていた空気が緩む。伯父がマガジンラックに挿していた団扇（うちわ）に手を伸ばす。伯母がエプロンのポケットからハンドタオルを出して額を拭った。

「薫さえよければ、伯父さんと伯母さんを、これからは『父さん、母さん』って呼んでもいいんだよ」

伯父が言う。彼らを呼ぶときにいちいち伯父さんかお父さんか迷うより、そう決めてもらえれば面倒がない。薫は「はい」と答えた。

高校へ進学するに当たり、提出する書類を求めて役所に母と行った帰り、喫茶店に入った。レジの横に梅が飾られ、その前にプラスチックでできた抹茶と和菓子のセットが添えられていた。目が釘づけとなった薫は、梅に手を伸ばしていた。触れた梅はしっとりと瑞々しい。あ本物、と思った。本物？　と母がささやく。薫ははい、と答えた。そう、と母が頬を緩める。

母は確かめなかった。偽物、と答えるべきだったのだろうか、と薫は母のあとについて店の奥へ進みながら落ち着かない気持ちになる。

養子であることは頭から離れたことはない。自分が養子であると弁（わきま）えた上で「父さん」「母さん」と呼んでいる。

窓際のテーブル席に着いた母は通路側に腰かけ、隣に役所の封筒がはみ出ているバッグを置いた。

役所からここまでの道々、薫はその封筒から目を離さなかった。春の風にさらわれるかもしれないと、一枚の紙が入った封筒の軽さを信用していなかったのだ。

薫は母のはす向かいに座る。母は立てかけてあるメニューを薫に差し出し、好きなもの頼みなさいと勧めてくれたが、薫は、メニューに目を落としたまま母のオーダーを待った。店員が水を持ってきたとき、母は、抹茶と梅の葛餅(くずもち)を頼んだ。薫は母と同じものを頼む。

「薫もいよいよ高校生ねえ」

母が目を細める。薫は母と同じような顔をした。

母の目がバッグへ流れた。

「嫌になったら、いつでも言うのよ。遠慮なんかしないでね」

どっちのことを言っているのだろう。高校生活か、それとも養子関係のことか。

薫ははい、と返事をした。

抹茶と梅の葛餅がきた。薄紅色の半透明な葛餅の上に、濃いピンク色の梅の花がのっている。餅の中に丸い梅の餡(あん)が仕こまれていた。

真っ先に梅の花をつまんで口に入れた。塩気があり梅の香りが強く鼻に抜けた。ほんのりとした甘さが追ってくる。あ、本物だ。

嫌になったらいつでも言うのよ——。

「これ本物の梅だわね」

母が目を細める。

甘さと酸味と、ほんの少しの塩辛さを味わううちに、胸がザワリとしてきた。

私は本物の子ではない。

心得ていたつもりだったのに、薫が聞きたかったのは。

薫が伯母の子になってからずっとずっと切ないほどほしかった言葉は。

薫は顔を上げて、母さんという呼び名の人に微笑み返した。

『いつまでもうちの子でいるのよ』だ。


数日後。南の病室へ向かう途中、通りがかったオープンスペースから声をかけられた。

「こんにちは、薫さん」

三田村正典だった。

そこは窓際にカウンターテーブルとスツールが設置され、自販機や電子レンジ、寄付された本が備えられている。今は誰もいなかった。

窓からは、街とそれを中心に外側に民家、畑や田んぼが広がる景色が一望できる。天気が良ければ眺望絶佳であろうが、あいにく今日はねずみ色の雲がどんよりと垂れこめていた。これからいよいよ梅雨が本領を発揮するのだろうか。

自販機でカップコーラを買う。正典は薫におごろうとしたが、薫は自分で買った。

並んでスツールに腰をおろす。騒がしいでしょ毎回毎回、と正典はいたずらっぽく笑い、足を組んだ。

「あの双子のおばさんたちが怒るのは、うちの母さんにも原因があるんだけどね」

薫はコーラを口元に持っていったまま視線を上げ、窓ガラスに映る正典を見る。正典も窓ガラスの薫を見ていた。薫は自らは何も主張しない目をしている。何も押しつけないし何かを判断することもない。ロボットに近いかもしれない。その目を見て正典はカップをわきにやった。

「ま、どこにでもある嫁姑問題なんだけどね」

と、カウンターテーブルの上で手を組む。

「初めはちょっとした行き違いだったんだ。ばあちゃんが来て最初の夏。朝から昼頃までずっと炎天下で草むしりしていたんだ。それを母さんは、ご近所さんの目を気にして、嫌味ったらしいとか、あてつけがましいって怒った。草むしりを終えたばあちゃんは、たぶんアレ、熱中症になりかけてたんだと思うけど、フラフラになってた。オレは、ばあちゃんがかわいそうになっちゃってばあちゃんのために走ってアイスを買ってきてあげたんだ」

彼は得意げに眉を上げて、足を組み替える。

「それ以降、母さんはばあちゃんに構わなくなったんだ。ご飯とかも別。自分で食べたいものを食べたいときに食べればいいってことで。オレもそれでいいと思うんだよね。でもそれを知った双子のおばさんたちが、オレらを敵視したわけ。まさに親の仇、と。おばさんたちは母さんがしたこととか、しなかったことを悪く取るけど、ばあちゃんだって間違ってるよ。自分の意見を全く言わないんだもの。ばあちゃんは、ほんとはこっちに来たくなかったんだよ。田舎で朝から晩まで草むしっていたかったんでしょ。それなのに、父さんと母さんに誘われたから断り切れなくてのこのこやってきてしまった。言われれば言われたまま従っちゃってさ。不満とか意見があったら言えばいいじゃん。言葉にしないで、わざわざ炎天下に草むしりなんかしちゃって、こっちを察してくれってのは、傲慢でしょう?」

薫は正典に無表情な顔を向ける。正典は薫の視線をどう受け取ったものやら髪を掻き上げ、体を薫に向けた。

「例のあれ、まだ見つからないの?」

無表情を覗きこんだ。

「何がですか」

「何がって」

正典は鼻で笑う。目は笑っていない。

「遺言状とか、証券とか通帳の類だよ。あのクソガキ……姪が手紙になんて書いたのか、真理も母さんも断固として言わないんだ。でもきっと相続のことを匂わせてるに決まってる、

「馬鹿女どもめ」

　正典は、カウンターの脚を蹴った。

「誰が馬鹿女だって？」

　きつい声が後ろから投げつけられた。正典が勢いよく振り返る。薫も首を巡らせた。腕組みをして立っているのは正典の姉の真理だ。その向こうに姪のあかねと母親もいる。

「働きもしないで寄生してる男よりマシでしょ」

「つせぇなあ。オレは就職先に妥協したくねえだけだ」

「選んでるからいつまで経っても就職できないんでしょ。てか、就職する気ないだろ。こないだうちにあんたの彼女を名乗る人がやってきて金返せって言われたよ。恥ずかしい真似しないでくれる？」

　正典が舌打ちする。

「父さんの金が入ったら返すよ」

「誰があんたにやるって言った？」

「はあ？」

「あんたにやったら全部遊びに使っちゃうだろ」

　正典が気色ばむ。

「ふざけるな、オレにだって権利はあるんだからな」

「権利なんてクソくらえよ。あんたにやるぐらいなら便所に流したほうがマシだわ」

「ちょっと待ちなさいよ」香苗が眦を吊り上げて割りこむ。

「何であんたたちばかりで分けようとするわけ。離婚してからあんたたちを育てたのは一体誰？　あの家に住まわせてやってるのは一体誰なのか分かってるの？」

「母さんには権利がないよ」

「あたしの分もあるんでしょ？」

　あかねまでが口を挟む。うるさい、と真理が怒鳴る。あかねは真っ赤になってあたしが手紙渡したんだから、お金が必要だって書いてあげたんだから！　と金切り声を上げる。一番端の病室までしっかり届くように。

　薫は席を立った。


　南の病室から、女性の癇性（かんしょう）な声が二重に聞こえた。

　そっと窺うと、ベッドを挟んで立つ双子が目に入った。

「生命保険の受取人、誰になってるの」

腕組みして立っているのは有希。

「息子たちのままだよ」

南はリクライニングをわずかに上げて横たわっている。

「ああ、そう。それじゃあ、お墓の管理もあの子たちにさせるのよ」

「お墓って？」

「あなたが入る、父さんと母さんの墓に決まってるでしょ」

椅子に腰かけて、ベッドの柵に手をかけているのは千佳。

双子はなかなか辛らつだ。おすぎですピーコです、と言い出しそうだ。両サイドから責め立てられている南は小さくなっている。

「正典たち、やってくれるかな」

「やらせなさいよ。じゃなきゃ無縁仏になるでしょ」

南の顔が曇る。

「ちょっと、分かってるわよね、彼らが母さんにしたことを」

「またその話か」

南がうんざりと両手で顔をこすった。

「何度でも言ってやるわよ。閉め出されたことも、伏せられた釜も、自分だけ昼食がないこ

POST CARD

料金受取人払郵便

小石川局承認

7744

差出有効期間
平成 31 年
5月22日まで
(切手不要)

112-8790

127

東京都文京区千石4-39-17

株式会社　産業編集センター

出版部　行

★この度はご購読をありがとうございました。
お預かりした個人情報は、今後の本作りの参考にさせていただきます。
お客様の個人情報は法律で定められている場合を除き、ご本人の同意を得ず第三者に提供することはありません。また、個人情報管理の業務委託はいたしません。詳細につきましては、「個人情報問合せ窓口」(TEL：03-5395-5311〈平日 10:00 ～ 17:00〉)にお問い合わせいただくか「個人情報の取り扱いについて」(http://www.shc.co.jp/privacypolicy.html) をご確認ください。

※上記ご確認いただき、ご承諾いただける方は下記にご記入の上、ご送付ください。

株式会社 産業編集センター　個人情報保護管理者

ふりがな 氏　名	(男・女／　　歳)
ご住所　〒	
TEL：	E-mail：
ご職業　学生・会社員・自営業・主婦・フリーター・その他 (　　　　)	
ご購入日及び店名　　年　月　日　　市(町・村)　　書店	
新刊情報を DM・メール等でご案内してもよろしいですか？	はい　いいえ
ご感想を広告などに使用させて頂いてもよろしいですか？	はい　いいえ

お手数ですが下記アンケートにご記入の上、お送りください。

■お買い上げ頂いた本のタイトルは？　(　　　　　　　　　　　　　　　　　　)

■本書をどうやってお知りになりましたか？
書店で実物を見て／書評・新刊紹介を見て（媒体名　　　　　　　　）
新聞広告（　　　　　　新聞）／雑誌広告（誌名　　　　　　　　　）
友人・知人からの紹介で／インターネットを見て（サイト名　　　　　　　　　）
その他（　　　　　　　　　　　　　　　　　　　　　　　　　　　　　）

■お買い求めの動機は？
著者／書名／デザイン／帯の文句／テーマ／概要（あらすじ）／値段／
書店での展示の仕方／その他（　　　　　　　　　　　　　　　　）

■本書について、該当するものに○印をお願いします。
・定価……………高い　／　ちょうど良い　／　安い
・内容……………満足　／　普通　／　不満
・分量……………多い　／　ちょうど良い　／　少ない
・判型……………大きい　／　ちょうど良い　／　小さい
・デザイン………良い　／　普通　／　良くない

■読後の率直なご感想をお聞かせ下さい。

■お好きな本のジャンルは？
日本文学／海外文学／ノンフィクション／エッセイ／実用書／雑貨／料理／
アート／自己啓発／ビジネス／旅行・紀行／マンガ　その他（　　　　　）

■よくご覧になる新聞、雑誌、インターネットサイトは？

■どのようなジャンル、テーマに興味をお持ちですか？
ファッション／インテリア／コスメ／ビューティー／食／旅行／車／バイク／
スポーツ／アート／健康／コンピュータ／家事／育児／ショッピング
その他（　　　　　　　　　）

■書店を訪れる頻度は？　毎日／週に（　　）回／月に（　　）回／年に（　　）回

■月に何冊ぐらい本をご購入されますか？　（　　　　）冊

■ご希望の著者、出版企画などがありましたらお書き下さい。

ご記入ありがとうございました。

とも。母さん、本当に辛かったのよ。ずっと隠してたのよ。でもさすがに熱中症で倒れてからは命の危険を覚えたんでしょ、あたしんとこに電話してきたのよ。しかも家電じゃなくて公衆電話から」

「病気にもなるわよあんなことされ続けてたんじゃ。言いたくないけど言わせてもらうわ」

母さんを殺したのはあんたたちなのよ――。

南の目元が強張る。

「だったらもっと早く言えばいいだろ、母さんが入院してしまってからそういうことがあったって言われたって……」

「こっちだってすぐに乗りこんでやりたかったわよ。でもそんなことしたら、帰る家を取り上げられた母さんは行き場がなくなるじゃないの」

「姉さんたちが引き取ることは考えなかったわけ」

「馬鹿言わないでよ。旦那の両親がいるのにそんなことできるわけないじゃない」

「第一、母さんが気兼ねしちゃうわよ」

まくしたてる有希と、ため息交じりに言葉を添える千佳。

「こっちはそんなこと、知らなかったたって言っただろ」

「ええ、あんたはそう言ったわ。仕事で忙しかったから気づかなかったたって。便利な言葉よねえ。そうやって一生懸命稼いだ結果、幸せな結末が待ってたってわけ」

「母さんが病気になって、死んで、それをきっかけに離婚」

南が投げやりに認める。

「母さんの持参金でローンを完済した自宅は三田村さんに持っていかれてね」

「ローンのこともぼくは知らなかったんだよ。すべてぼくの通帳から引き落とされていると思ってたんだから」

「はいはい。なんとでも言えるわよね。母さん、あの世で泣いてるわよ」

病室内に、ひんやりとした静けさが降りた。しばしのあと、千佳が、しんみりと漏らした。

「あんた、母さんと同じ病気なのよね……」

薫は病室の出入り口からは見えない位置に身を寄せた。窓の手すりに二羽のカラスが留まっている。目が合った。カラスがくちばしを上げ羽を膨らませた。

以下が、カラスがマコトくんから聞いた話だ。

キヨとマコトくんが三田村家で暮らしていた当時のことである。

マコトくんがキヨの部屋で目を覚ましたとき、日は高く昇っていた。北側のその部屋でも猫には日の高さが今どのぐらいなのかが分かるのだ。キヨの姿はなかった。日の高さは分かっても、キヨの居場所は分からない。

マコトくんはお腹が減っていた。尾っぽの先まで伸びをすると、自由に出入りできるように開けられている襖（ふすま）の隙間から廊下へ出た。居間から冷気が流れ出て、床板が肉球に冷たい。寒いほどのそこで、香苗がテレビをつけっぱなしのままソファーで寝ていた。テレビは、キヨとマコトくんがこの家に来たときに新しくなった。ちなみにキヨの部屋にはテレビもクーラーもない。

食べるものを、香苗にねだるつもりはない。一度蹴っ飛ばされたから。

マコトくんはすぐに離れ、家中、探してまわったが、キヨの姿はない。玄関へ行ってドアを見上げる。内鍵がされていた。

空腹に耐えかねて、さっき見まわったばかりのキッチンへ入る。ワゴンに飛び移って棚の匂いを嗅ぐ。ふたが開いている炊飯器を覗く。調理台に飛び乗ってアクロバティックな体勢で魚焼きグリルを覗いたり、流しの三角コーナーを見たり、水切りカゴをチェックする――伏せられた炊飯器の釜と、一枚の皿と香苗の箸が乾かされている。

何もない。

何もないのに、そこに何かのメッセージがあるような気もする。

階段をおりてくる足音がして、キッチンに正典が現れた。彼はマコトくんには目もくれず冷蔵庫を開けると、ラップされた冷やし中華を出した。冷蔵庫の扉が閉まる直前、中が見えたが、もう一皿ぐらいあってもよさそうな冷やし中華は見当たらなかった。

正典は居間へ運ぶ。マコトくんは途中までついていったが、何ももらえなかった。寒すぎる居間には入りたくないので、玄関のたたきに寝転んだ。

真理は？　と正典が尋ねる声がしてくる。それに対して香苗は眠たげな声で、遊びに行ったわ。アイスある？　買ってきなさいよ。正典の舌打ちが聞こえる。自分のお小遣いがあるでしょ。もう使っちゃったよ。四年生のくせに金遣いが荒くなっちゃって、おばあちゃんのせいね。

あ、ばあちゃん駐車場にいたんだ。

正典の声にマコトくんは耳を立てた。むくりと起き上がる。

正典が玄関ドアの鍵を開けて外に出た。マコトくんもついていった。外は恐ろしく暑かった。世の中が焼け爛れ歪んでいた。

家の前には砂利を敷いた車二台分ほどの駐車場がある。敷地を囲むブロック塀に寄りかかるようにしてしゃがんでいるキヨがいた。田舎から持ってきた顎の下で紐を結ぶタイプの麦藁帽子を被っている。

マコトくんは正典の足を掠めて駆け寄った。正典も歩み寄るが、ある一定の距離から彼は決して、近づこうとしない。

「ばあちゃん、こんなあっつい中草取りしてんの？」

正典は傍らの、すっかりしおれた雑草が盛り上がっているプラスチックのバケツをちらりと見て呆れた声を上げた。

キヨの顔は真っ赤で、汗は一滴もかいていない。マコトくんが鳴くと、キヨは気がついた。マコトくんをなで、次いで正典を見上げる。

「ああ、正典かい。……朝の涼しいうちに片づけてしまいたくてね」

干からびた声。

「朝からここにいたの？」

「うん」

マコトくんはキヨの状態を把握するため、まわりをうろうろして、しきりと匂いを嗅ぐ。

「草取りなんかすると、嫌味ったらしいって母さんが機嫌損ねるよ、除草剤でも撒（ま）いておけばいいじゃん」

田舎にいたときは、キヨは畑の草取りをするのが日課だった。草取りをしながら、近所の人とお喋りをした。仲が良かったじいさんを失った寂しさや、持て余す時間から引き起こされる気分の沈みこみは、土や草に触れ、知り合いとお喋りすれば落ち着くようだった。ところがここにはキヨを落ち着かせてくれるものはほとんどなかった。土も草も、話し相手に至ってはひとりも。

キヨは立ち上がろうとして、何度か失敗した。足腰に力が入らないようだ。マコトくんはいよいよ、鼻を近づけ、すんすんと鳴らす。

「ばあちゃん、具合悪いんじゃないの？　冷たいものを食べると気分も持ち直すよ。そうだ、アイスがいいね。オレが買ってきてあげるよ。食べたいでしょ？　あ、お金、今持ってないの？　大丈夫。オレ、ある場所知ってるから」

正典はさっさと家の中に入ると、ほどなく出てきた。マコトくんは彼を見つめる。正典はマコトくんをちらっと見た。アイスよりもずっと冷たい目つきに、マコトくんは尾から頭の先へ向かって毛を逆立てる。

家の中に入ったキヨは、台所で遠慮がちに水を飲み、強い冷気が流れてくる居間の前をそろそろと通って自分の部屋に行った。扇風機を回して、小引き出しが開けられた仏壇の前に座りこむ。マコトくんはつき添う。

キヨはじいさんの位牌（いはい）を両手に持ってじっと見つめていたが、やがてほたほたと涙をこぼし始めた。扇風機がカタカタカタと鳴っている。その音は、田舎のヒグラシのようなリズムだったが、全然違う音色だった。

——話し終えたカラスはスッキリした顔をした。記憶に留めておくのがストレスになるようだ。満足げに、握（つかま）っている手すりにくちばしをこすりつけて手入れを始める。


薫が再び南の病室を訪れると、双子は帰ったあとだった。

間近で見る朝日を受けた南の顔面は、発泡スチロールでできているように見える。おまけに浮腫んですらいた。来訪が遅くなったことを詫びたが、南は上の空で、薫を責めることもない。真っ先に話題にしたのは影のこと。それまではマコトくんが優先されていたのだが。

「胸の辺りまで、はっきりしました。昨日より、確実に、そばに来ています。それで、これは確信なんですが、私を、見ていると思います。そういう、意思を感じるんです」

聞いているだに息苦しくなってくるような息遣いで南は続ける。「でも、ちょっと、気になることがあります。頭が異常に、大きいんです。頭の部分は、すっかり影に、覆われているのですが、その影が明らかに体より幅があるんです。私の知り合いに、そこまで頭の大きな人は、いないんですが」

と、不思議そうに首をひねる。

「そうですね、そういう骨格を持つ人はなかなかいないかもしれませんね」

薫が言うと、南はわずかに笑った。冗談だと思ったらしいが、薫は真顔だ。南は笑みを残したまま、ゆるりと目を逸らした。

「母、だといいな。実はそう期待しているんです。いくら頭が、膨れ上がって化け物、じみていたとしても、母だと、いいです。最期の私に、会うことだけを目的に来てくれるのは、きっと、母ぐらいでしょうから」

リノリウムの床を歩くゴム靴の音が聞こえる。どこかの部屋で咳をしている人がいる。しかし、部屋の前は相変わらず誰もいない。

「もし、お母さんだとして」

薫が口にする『お母さん』という単語は、どこか遠い国の言語のようにぎこちなく浮いていた。

「お母さんだったら、どうしましょう?」

「え?」

そうだなあ、と南は思案顔で腕組みをしかけたが、腕を上げるほどの体力がなかったのか、途中で断念して体の両脇におろした。その手の周りにシーツのしわが寄ることはない。

「『ありがとうございました』と、伝えたいです。『生んでくれてありがとう』そう、伝えたい……」

南の言葉に、いつの間にか、こっちの窓の外に移ってきていたカラスが、ガアッと下品な声を上げた。二羽それぞれが四方八方に向かってガアッガアッガアッとやけっぱちのように喚(わめ)く。人で言うと「あ〜あ〜あ〜」というただの叫びで、彼らがどうしたいのか薫には見当もつかない。

「『生んでくれてありがとう』ですか?」

薫がなぞると、南はうつろな目を向けた。

「わざとらしい、答えでしょう?」

南は目を閉じた。

「でも、結局は……そこに行き着きます……。私の時代でも、子どもを産んですぐに亡くなった人も、いましたから。『あなたの身命を賭してまで、私をこの光の中に送り出してくれて、ありがとう』。こんな土壇場になって、やっと……そう思えました……」

日を浴びたり、空気を吸ったり、と南は言ったことがある。

「『すまなかった』『何にもしてやれなくてごめん』ということも、伝えたいけど、私が謝ると、あの人きっと自分を、責めてしまうから……。おかしいよね、謝られたほうが萎縮しちゃうなんて。でもそういう人だから、『生んでくれてありがとう』が一番、いいと思う。

一番伝えたいです」

「そうですか」

「もう還暦だってのに……母さん母さんって……おかしいでしょう？」

南はしょぼくれながら笑う。土気色の右手が、マコトくんがそうするようにシーツを手繰り寄せる動作をしていた。

「どんなお母さんだったんですか」

「優しかった……おとなしくて、我慢強かった」

「南さんはお母さんに似てらっしゃいますか？」

南は窓を見た。カラスが目玉を動かす。脂で固めたような羽が波打つ。

「そうだね。よく言われる、かな」

「それなら、南さんのお母さんがどんな方だったか分かるような気がします」

「優しくておとなしくて、我慢強いって？　私が？」

薫は頷いた。南は泣きそうな顔で笑った。そっか、私は母さんに似ているのか。彼の肩から力が抜ける。

動画を見てもらいながら今日の報告を始めた。

「猫ソファー……」

南が言いさして、薫を見上げる。薫は彼の言葉を待つ。南は、いえなんでもありません、と言葉を引っ込める。

「今日は、マコトくん、ハーッとやらなかったんですね」

「はい」

「やっと馴れたのかな」

馴れたからではない。その力がもうないのだ。

南が痰の絡んだ咳をした。

薫はカメラをしまった。と同時に、バッグの中の携帯が震える。南に断って確認するとメールが届いていた。

『薫！　迎えに来てやったのになんでいねぇんだよ。お前今どこ』

メールでも勢いがある。眦を吊り上げる顔が見えるようだ。

『すみません、あと五分したら向かいます』

メールを返信する。

『はあああ!?　何やってんのよ、蕎麦屋かよお前いや蕎麦屋でもあと五分はねえべ馬鹿っもうやってらんねえほどの馬鹿っ！　もしかして三田村の息子と一緒か』

『いえ』

『次の仕事の時間が迫ってんのよ、オレこれ以上病院いらんねえから駐車場に早く来』

そこまで読んでバッグにしまった。顔を上げると、南が言う。


「それにしても、マコトくんは足掻(あが)きませんね。受け入れているのかな……」

「受け入れる……」

「死をね、彼は受け入れてるのかな……。だって、怯えた顔を、一切しないでしょう。足をにぎにぎしているのは、落ち着いてるから、なんですよ。奮起したり、抗ったりするのも必要なのかもしれませんが、受け入れることも、同じぐらい、必要なことなのかもしれません」

南は目尻に湯葉のようなしわを集める。

「考えてみれば、私は今まで、受け入れてきたんですよ。両親の死や、仕事の理不尽さ、離婚なんかを。誰だって、そうなんですよね。受け入れなきゃ、やってこれてませんもんね。だったら」

死だけ特別受け入れないというのは、ない——。

パオの車内で、薫は双子や三田村家の争いを伝えた。陽太はずらずらと聞き流している風だったが、カラス経由のマコトくんの話になると、ため息をついた。

「人が言ってることと、動物が言ってることと、どっちがほんとかねえ」

「どっちでもいいです」

陽太が息だけで軽く笑った。

交差点で停車する。目の前の横断歩道を人々が行き交う。薫はつい足元に注目してしまう。

「横断歩道がそんなに珍しいか」

陽太がリラックスした感じでシートに体を預ける。

「あの、社長」

「何よ」

「あかねさんが、自分で考えないと頭が腐って落ちちゃうって、誰かの頭とすげ替えられちゃうと仰(おつしや)ってました。本当でしょうか」

「あかねって誰だ」

「南さんのお孫さんで三田村あかねさんです」

「随分、こまっしゃくれたガキだこと」

吐き捨てた陽太はハンドルに頬杖(ほおづえ)をついて薫をじっと見つめた。薫は陽太のほうへ顔を向ける。

「すげ替えられるのかどうか、まずはそれを自分で考えろ」

薫の肩が静かに浮き沈みを繰り返す。陽太が運転席側の窓を振り返って、また顔を戻した。

「ところでお前って、オレのこと見てる？」

「はい？」

「視線がずれてる気がするから、昔も」

横断歩道の音楽が途切れた。陽太は前を向きアクセルを踏んだ。

「南さんがお話しされた内容も、お聞きになりますか？」

陽太はハンドルに手を添えたまま腕時計に目をやった。気が向いたらな、と言う。

二番目の仕事はカメレオンの看取りだった。カメレオンだろうとカタツムリだろうと依頼がくれば看取るのである。水槽で飼われていたカメレオンは陽太が宣言した時刻にぽたりと枝から落ちた。「ソ・コ・ノ・枝・ニ、虫……」が辞世となった。出張中の飼い主にメールで知らせた。

その次は十姉妹（じゅうしまつ）の看取りだ。十数羽の中から、病気の一羽を隔離していたのだが、それがふつりと死んだ。水浴びの水が順番待ちであること、自分の番になると糞まみれであることに不満をぶちまけ、そのせいで自分は訳の分からない病気になって死ぬのだと、最期の最期まで全力で憤っていた。死骸は、庭に埋めるようにとの依頼主からの指示だった。

庭の隅に塚があり、そこだけ草の勢いがいい。歴代の十姉妹が累々と埋められているようだった。

十姉妹の喧（かまびす）しい声が背中に響く。

あたしにその新しい葉っぱをちょうだい！

あたしにも！

薫は塚のてっぺんをスコップで掘った。羽と、卵の殻のような骨が続々出てくる。スコップが当たると簡単に砕けた。死んだ十姉妹を埋める。その間も、背後の十姉妹は新しい草をくれと、それだけを訴えて騒ぐ。

塚から栄養をしこたま吸い上げ、すくすく育った草をむしった。緑の汁が手のひらを濡らす。草の香りが立つと、十姉妹は歓喜に沸いた。

一番肥えているのをちょうだい！

差し出すと、わっと群がり、争うようにむさぼった。

会社に戻って業務報告書を仕上げる。社長席で陽太が肩こり解消のゴムチューブを引っ張りながら椅子をくるくる回転させている。柚子川は書類をプリントアウトすると机に打ちつけて揃えた。

「陽太、暇なら帰れば？」

「だってそいつがまだ仕事終わんねえんだもん」

柚子川から受け取った書類で、筒を作って薫を覗く。柚子川が薫のモニターに目を留めた。

「うわ、細かく書いてますねぇ」

日誌みたいなものだ。マコトくんの写真を数枚貼りつけ、その様子、体重、食事量、水分摂取量、呼吸、目の動きなどを入力する。これを必要としている南さんは、先に死んでしまう。誰に向けて書き続けているのか分からないが、やれと言われたらやるだけだ。

「よくそんな細かいことまで覚えてますね」

「女の人は基本記憶力がいい。アレなんなんだろうな。あの時、ああ言ったくせにとか、あの時あなたはこうした、ああしてくれなかったって。オレなんてその出来事自体忘れてるってのに」

柚子川が、阿呆の申し子を見るような残念そうな目で、陽太を一瞥する。

「それにしても、だよ」

柚子川が「頭いいんですねぇ」と薫に感心する。

「どこの学校出てましたっけ」

薫が市内の高校名を挙げると、彼は拍子抜けした顔をした。

「随分遠慮しましたね。もっといい学校入れたじゃないですか」

「応用問題が全くできませんでした」

暗記物なら決して外さなかった。聞いたこと、読んだことをただただ丸暗記し、解答用紙に落としこむだけでよかったからだ。考える必要などなく、それは単に指の運動のひとつにすぎなかった。

「コピー機みてぇだな」

陽太が顔をしかめるようにして笑うと、柚子川がたしなめる。

「よーたぁ、なんってこと言うかな」

「国語でも漢字はまだしも、『登場人物の気持ちを答えよ』となると、私のペンは動かなくなりました」

「ああ……」

陽太と柚子川から納得と諦観の声が漏れる。

「で？」

陽太の声に、薫はパソコンから顔を上げる。紙の筒から陽太が覗いている。

「はい」

「さっきの話。南さんが何か言ったんだろ。なんつった」

薫は南が言った、受け入れるということを話した。

柚子川が腕を組んだ。

「受け入れるってなかなか厳しいよね。大変なときほど、足掻きに足掻くもんだけどなあ」

「往生際が悪ぃと、嫁に愛想つかされるぞ」

意地悪く笑う陽太に、柚子川がペンを投げつける。陽太は顔をわずかに傾けるだけであっさりと避けた。

「あの」

薫が小さく挙手すると、陽太が紙を丸めた筒で「はいそこ」と指す。

薫は南が「死だけ特別受け入れないというのはない」と言ったあと、続けた言葉を伝える。

「『一旦受け入れてしまえば、もう怖がる要素はなくなるんですもんね。死は悪いものだと思うから怖いんです。死は悪いと決めつけられるものじゃない。死は全てを網羅します。取りこぼしはありません。それは全ての生物に平等に与えられた義務で、そして権利なんだ』」

すごいですよね。素晴らしいですよね。逆光で黒く塗り潰された顔で、そう言った。目だけがランランと光っていた。

陽太が紙を丸めた筒に顎をのせる。

「……ふうん。死ぬことに義務って言葉を使った理由は分かんねえけど、生まれた以上は死ぬだろうさ。別に、義務なんて大げさに考えなくたって、ぼけっとしてたって努力しなくたって誰でもできることがくたばることだ。不平等極まりない世の中に、平等なのがあるとすれば、『時』と『死』なんじゃねえの」

薫はモニターに視線を移した。ブルーライトの中で、マコトくんが横たわっている。死を待っているのだそうだ。南さんが予想した通りだった。彼は死を待っている。投げやりではなく、思慮深い意思を持って、端然と、彼は死を待っている。

「死は、救いでしょうか」

「は？　知らねえし。そんなことぐちゃぐちゃ考えてる暇があったら、とっとと書き上げろ」

陽太は、書類をデスクの上に放置していたゴムチューブに持ち替えると、万歳をした両手でぐいーんと引っ張った。薫は打ちこみを再開した。

柚子川が、奥さんからの電話を受けながら、薫たちに目で挨拶して出ていく。ドアが閉まった。

「暇ならとりあえず、生での救いを探してみれば？」

陽太の声に、薫は入力の手を止めた。ディスプレイの向こうで、彼はそっくり返って伸びをしている。

薫はエンターキーを押した。

帰宅すると、玄関のたたきに父の靴があり、今日が日曜日だったことに気づかされた。

リビングから話し声が聞こえてくる。

——あの飯岡のアパートが取り壊されることになった。

不動産会社に勤めているので、そういう情報は早い。

——もう相当古かったからねぇ。

母が記憶を辿るように言う。

——薫に教えなくていいかな。

父の声。靴を脱ぎながら、薫は耳を澄ませる。

——嫌な思い出しかないでしょう。ここに来てから前の家のこと一言だって言わなかったじゃない。教えてわざわざ思い出させることもないわ。

——あの子は実際どう思ってるんだろうな。ときどき、ぼくはあの子の闇が不安になるんだ……。

ふたりの会話が途切れたのを見計らって、薫は帰宅を知らせるため足音を立ててリビングへ向かった。

「ただいま」

「おかえり〜、おつかれさま」

顔を出すと、夫婦はテレビから顔をこちらへ向けた。

「今日はお父さんがお寿司の出前頼んだのよ。薫の帰りを待ってたんだから」

母はいそいそとキッチンへ入る。

「えっ、お寿司？　今日は何の日だっけ」

薫は眉を上げて目を大きくして、口角を上げる。

「何の記念日でもないけど、食べたくなっちゃって」

眉をハの字にして言い訳する父。アパートが取り壊されるのと無関係ではあるまい。

「普通の日記念」

声を弾ませる母。

「えー、普通の日が記念日になるの？」

「そうだよ」

「普通の日は十分、記念日たり得るわ」

薫はバッグをソファーの横に置いて、お茶を用意する。母が薫の背を軽く押した。

「こっちはいいから、先に着替えてらっしゃい」

「はい」

部屋は与えられて以来、ずっと変わらない。クローゼットがあって勉強机があって椅子があって、ベッドがあって、四段の本棚がある。一番下に世界児童文学全集がぴっちり収まっている。上の三段はスカスカだ。父からもらった国語辞典と、図鑑。母からもらったピーターラビットの画集。本はそれ以外ないので、小島家の前で撮った写真と、ピーターラビットのぬいぐるみを飾っている。壁紙もピーターラビットだ。この部屋に来た人は、薫がよほどのピーターラビット好きだと勘違いするだろう。薫にとってはげっ歯類という以外の何物でもない。カーテンもベッドカバーも何度か替えられたが、柄は同じまま。テイストと雰囲気は変わっていない。

十姉妹が、塚に生えた草をほしがったことを思い出す。

自分も、そうなのだ。

お母さんが、死ななかったら、私は今この家でこうしてはいられなかった。お母さんの死の上に、私は生かされている。

小学生のときにあてがわれたままの部屋で、二十五歳の薫は着替えた。

「やっぱりお寿司屋さんのお寿司は違うわね」

丸い桶からマグロをつまんだ母が、一口で頬張る。

「シャリからして全然違うな」

父が取り皿に醤油(しょうゆ)を足す。

両親はたいていにこにこしている。彼らは基本的に善人である。リビングの壁にはカレンダーがいくつもかけられている。父が、もらったものを全部かけるからだ。「善意でくれたものをかけなくては申し訳ない」のだそうだ。保険勧誘の電話がくれば、最後まで耳を傾けるし、狭い道では人に道を譲る。母はパート先へおやつの差し入れをし、化粧品会社に勤めている隣家の奥さんに勧められた商品を買い、保冷剤は燃えるゴミかどうか役所に問い合わせをする。子ども会の行事には夫婦揃って参加する。

そういう人たちだ。

暴言を吐かない。暴力をふるわない。ルールを守り、感じよく振る舞い、つつがなく暮らす。その中で、薫は息を詰めている自分に気づくことがある。

「仕事はどうだい」

父が取り箸で薫の皿にマグロをのせた。

「……やっぱり悲しいわよね」

母がしんみりしながら、甘エビを頬張る。薫は冷たい脂がてらてらしている赤い切り身から視線を上げた。真顔でふたりを見る。ふたりはそんな薫に気をのまれたように息を詰めた。

空気が緊張したのは、瞬きする程度の時間。

「……そうだね」

薫が同意すると、父は少し不安そうな笑みを浮かべた。

母が、緊張感をほぐすように、明るい声でもっと食べなさいと勧めてくれる。両親の「お勧め」は薫にとっては「指示」だ。トロ、ウニ、エビ、イクラ……。勧められれば勧められるだけ食べる。

「おいしい」

と薫は言う。

「幸せ」

と薫は口に出す。ここにいる『私』は『幸せ』なのだ。

ようやく梅雨らしくなった。

雨が窓を流れていく。南は窓へ顔を向けて横になっていた。

近づくと、こちらへ顔を向けた。段ボール色をした湯葉が頭蓋骨に張りついているように見える。その顔でいつも以上ににっこりとした。

「やあシッターさん、おはようございます」

南の声は、つい今しがたまでお喋りしていたかのように濁りがなかった。顔色は悪いが、目は澄み、面持ちも明るい。

「おはようございます。お気持ちが明るいようですね」

彼の様子をそのまま口にすると、南はええ、と枕に頭をのせたまま目で頷く。起き上がる体力はないようだ。

薫はふと、気がついた。点滴が片づけられている。そのぽっかり空いた空間に目を留めていた薫に、南が話しかける。

南が目を細め、無精ひげで囲まれた口をにぃっと横に引いた。使いこまれた歯が覗く。

「明け方、いつもの影がはっきりと、顔を見せたんです」

酸素ボンベが低くこもった音を立てる。

「誰だと思います？」

薫は無言。南の目は輝いている。

「母さんでした」

遠くで雷鳴が響いた。

南が傍らの椅子を勧める。薫は、数秒、それに気がつかずに佇んでいた。濡れそぼったカラスが衝動的に鳴き、その声で我に返った。

いつもと同じ椅子のはずなのに、今日は座り心地が悪い。

「南さん、巨大な頭というのは、麦藁帽子だったのでしょうか？」

尋ねると、南は目を丸くした。

「そうですそうです。愛用していたやつです」

嬉しそうに目を細めてから、はた、と気づく。

「どうして、分かったんですか？」

窓の外でカラスが鳴いた。薫が窓へ視線を向けると、南も引き寄せられるようにそちらを見て、その答えを察したらしく顎を動かす。頷いたようだ。二回呼吸をして、やっと話し出す。

「そちらの、会社のホームページにも、書かれて、ありましたが、あなたは、本当に、分かるんですね」

薫は顔を南に戻した。南は驚くことなく、ただ静かな眼差しで薫を眺めているだけ。

頭部だけ影で覆われたそれが、南に近づいてきたそうだ。だんだんとそれが麦藁帽子であると分かり始める。手が届くところまできたときにふいに、カーテンの引かれていない窓から儚(はかな)い光が注ぎこんだ。

朝日が影を消した。帽子の下の顔が露になる。キヨだった。

「自分の母親かどうか、近づいてやっと分かるなんて、情けないですが」

南は面目なさそうに笑う。薫は、視線を南から出入り口へ移した。そこに、自分のお母さんが、近づいてくるのが見える。お母さんは手に酒瓶を持っていた。

「今も、いますか」

左肩を掻きながら尋ねると、南はいいえ、と答えた。影が現れるのは明け方だけ。

「母さんを辛い目にあわせてきましたが、そばに来てくれたということは、私を許してくれたということなのかもしれません」

南は残像を愛(め)でるように、出入り口のほうを優しい眼差しで見つめている。

「私を見つめていました。ああやってずっと前から見つめていたんですね。顔が見えなかったのは単に、見ようとする気持ちに熱意がなかったからなのでしょう。本気で見ようとすれば、とっくに見えていたんじゃないかな」

薫はカメラを出すと、マコトくんの報告に入った。

聞き終えた南が口を開く。

「水、飲まなくなった、ようですね」

「はい」

水の減りがほとんどない。蒸発分を差し引けば、おそらく口にしていないだろう。南は猫ソファーに半分だけ入っているマコトくんから視線を逸らさない。

「マコトくんですが」

薫が南の意識に割りこむと、南はやっと画面から視線を外した。

「捨てられたなんて思ったこと一度もないそうですよ」

「え」

「南さんは以前、懸念しておられましたね。ご自分が入院したことで、マコトくんが捨てられちゃったと思ってやしないかって」

「……ああ」

「思ってませんよ彼は」

——マコトくん、南さんが気にかけていましたよ、捨てられちゃったとかマコトくんが悲しんだり不安になってやしないかって。

　伝えると、マコトくんは頭を猫ソファーに突っこんだままけだるく尾を一回上下させたのだった。

「じゃあ、私が、どこへ、行ったか、心配してるかな」

「それもしていません」

「あら」

　ははははと南は息を吸うように笑った。命が摩耗するような笑いは尻切れトンボとなる。ぐったりと息を継いで、大きな飴玉でも飲みこむように喉を上下させた。

「マコトくんは、分かっているそうです。自分は捨てられたのではないし、南さんがどこかへ行ってしまったのでもない、と。『いつまでもうちの子でいるんだよ』と南さんはマコトくんへ言ったそうですね」

　南は目をわずかに見開いた。筒抜けなんですね、と苦笑いする。

「南さんの新しい住まいに一緒に連れていってくれたことに感謝していました。部屋をあちこち点検したあとで、マコトくんがここにいていいかどうか尋ねたら、南さんはタイミングよく『今日からここがマコトくんの家だよ』と。『あちこち引っ越しさせて悪かったね。でももうここが最終地点、いつまでもここにいて、ずっとうちの子でいてくれな』と仰ったそうですね」

――『いつまでもうちの子でいて』。

薫は繰り返す。

南は愕然とした面持ちで薫を見た。両手が毛布を握る。右手はガリガリで、骨も血管も標本のように浮き上がっている。点滴の針が刺さっていた左手は真っ青、右手の倍以上に腫れていた。口をへの字に結び、目をきつく閉じた。

窓の手すりに留まるカラスがキロリキロリと目玉を動かしている。薫と目が合うと、目玉だけをこっちに残して澄まし顔を横に向けた。

南が目を開けた。

「小島さん、明日、私をマンションへ連れていってください。先生に許可をもらいます。連れていってください」

南の意識が失くなったのは翌日の明け方だった。朝九時にいつものように廊下を病室へと向かう薫を、窓越しに追いかけてきたカラスが、手柄顔でそう教えてくれたのだ。

病室を覗くと、親族六人がベッドを囲んでいた。

その日の昼、柚子川はマコトくんの元から不思議そうな顔をして戻ってきた。

「マコトくん、たいてい、目を閉じているんですが、今日は、ずーっと扉のほうを凝視してましたよ」

さらにその翌日、マンションへ向かう道すがら、病院のほうから飛んできたカラスが声高に言った。

『死んダ!』

マコトくんに会うことが叶わぬまま、彼は逝ったのだった。

薫はマンションに足を踏み入れた。

リビングのドアを開けた薫は、マコトくんと目が合った。そんなことは初めてだ。

おはようございます、と挨拶する。マコトくんは何も尋ねてこない。

作業している間、マコトくんは扉を見つめていた。

猫ソファーはこの間洗ってからまだ乾いていない。おそらくマコトくんが死ぬ二日後まで乾かないだろう。それでもベランダに出す。

「マコトくん。いつまでもうちの子でいて、と言われたとき、どう思いました? 嬉しかったですか? ホッとしましたか?」

彼は片目を開いたが、答えることなく緩慢に目を閉じた。

揺すり起こそうと伸ばした手を途中で止める。マコトくんが油断なく薄目を開けていたからだ。手を膝に戻す。老猫が思索に満ちたため息をついた。

――主は我の答えを問うや、それとも己の心を問うや。

逆に問われる。

「私は……」

父母から聞きたかった言葉。飛ばされそうな戸籍の書類の入った封筒。嫌になったらいつでも言うのよという布石。

マコトくんのパサついた尾がかすかに揺れる。

我はうたかたであると思うた。と、老猫は答えた。

「うたかた……？」

マコトくんは静かに語る。うたかたと銘肝せよ。先の不明を踏まえた上で享受。よろこび、くつう、ふゆう、ひんきゅう、ひかり、やみ、すべてうたかた。うたかたの中、うたかたなる我、主、生きるよし。

「つまり、嬉しいと思わなかったのですか？　ホッとしなかったのですか？」

そよと風が吹き、マコトくんは窓へゆっくりと目を向けた。そちらをじっと見つめる。靴下の中で前足がにぎにぎされる。軍手から、元の手袋に戻してあった。その手袋はマコトくんが寝たきりになってから、南が〈ジャングル〉で買ったとマコトくんは言っている。

〈amazon〉だと思われる。

すべてうたかた。であい、わかれ、せい、――し。

ふーっと猫が思索的な息を吐く。

やはり猫と会話を成り立たせることは難しい。

「マコトくん、今日はよくお話ししてくれますね」

目を眇めて薫を凝視したのち、マコトくんは目を閉じた。

両手で包めるぐらいの鳥が「日ざしきらきら、風そよそよ、私わたしワタシ」と盛んに囀りながら空を渡ってきて、ベランダの前で円を描いたかと思うと風に乗って舞い上がった。

薫はその姿を追った。

日を浴びたり、空気を吸ったり、とは南の言葉。日差しも一瞬、呼吸も一瞬。うたかたであるがゆえに、幸福の一瞬を全身全霊で受け取る。

北上川を渡る風が、頬をなでていく。薫は目を閉じる。


梅雨が明けた七月二十八日。

陽太が腕時計をちらりと見た。

目を閉じて横たわっていたシロキジがふと目を開けた。膜に覆われた灰色の目を、誰もいないはずの薫の背後に留める。手袋の中で前足がかすかににぎにぎしている。歯のない口を開いたが、声は発せられない。

やがて呼吸が荒くなる。ビクビクと体が不随意運動をする。尻尾がうねり、それは鼓動を打つように上下にゆっくり動いた。強張っていた首から力が抜ける。蝶（ちょう）が花に留まるように尾が毛布におりた。腹を膨らませ深く息を吸いこんだ猫は、目を半分まで閉じたところで、息をするのを、やめた。

四肢に手袋をはめたまま棺に納める。これまでの動物みんなそうだったが、驚くほど軽い。竹細工のようなもろさを手のひらに感じる。骨の髄までエネルギーを使い果たし、生き切って旅立つ。

リビングで作業していた陽太の「なんだこれ」という声が、猫砂を少しずつ便器に流していた薫のところまで聞こえてきた。

「薫〜、これ猫ソファーの底に敷かれてたんだけど」

振り返ると、陽太が黄色いしみが滲む封筒をつまんで、掲げていた。表に三文字が書かれてあるが、滲んで判読できない。

「これあったの知ってた？」

「……知りませんでした」

「マタタビでも仕こんであったのかな」

「どうしてですか？」

「お前が上げる報告書じゃ、マコトくんがいつもこいつの上に引っかかってたじゃん」

確かに、半分体を出して突っ伏していた。

薫はケースの裏を叩き、最後の砂を便器に空けるとレバーを回した。

「開けてみましたか？」

「まさか、てか小便かなんかで濡れたらしくてべったりひっついて開かん」

砂が渦を巻いて便器の穴に吸いこまれ、跡形もなく消え去り、そしてただ澄んだ水がしん、と溜まった。

陽太は首を傾げて封筒をしげしげと眺めていたが、何を思ったのか、棺に突っこんだ。

リビングの床には、開け放った窓から注ぐ光で四角い陽だまりができている。光が強ければ強いほど、室内の奥は闇を深める。黒い額縁のような窓枠の外では緑が煌めき、鳥が陽気に歌い、風がおおらかに笑う。部屋には、ひりひりとした孤独と思慮深い憂いがひっそりと層を成していた。

「なんも、ねえなあ」

陽太の声がマコトくんの声と重なった。入院する前に南は、マコトくんの物以外のすべてを、処分したそうだ。

「南さんは、どういう心境で片づけをひとりで続けたんでしょう」

薫には見当もつかない。

「ひとりじゃねえべ」

陽太が肩を返す。窓の端に寄せられたカーテンの裾がはためき、棺をなでている。薫は棺に向けていた視線を、カーテンに移した。いつも無意識に開閉していたから閃かなかったが、南はマコトくんの爪痕のあるそれは、残していたのだった。

三田村一家と、双子の姉妹それぞれに仕事が完了したことをメールで報告した。

ベランダの手すりに留まるカラスが、パオの後部座席に運びこまれる棺を観察している。

『最後に勝っタのダぁれダ。シンクロ姉妹か、元嫁か、長男長女に、孫娘。そ～れ～と～も～』

カラスが手すりを右へ左へ飛び跳ねる。

陽太と薫はそれぞれ運転席と助手席に乗りこみ、シートベルトを締めた。

「マコトくん、南さんが亡くなってから一点を見つめるようになってました」

「へえ。何か見えてたとか？」

陽太は茶化す。

棺を閉める前のマコトくんが思い出される。白い封筒に寄り添って今にもにぎにぎしそうだった。薫は陽太を見る。陽太はサイドブレーキを下げた。

「ああ、つまり、南さんが迎えに来てたって、そういうこと？」

「マコトくんは何も言いませんでした」

薫は呟く。社長はフリスクを口に振り落とし、アクセルを踏んだ。

サイドミラーの中でマンションがどんどん小さくなっていく。

バス通りに出たところで陽太が口を開く。

「腹減った」

太陽が真上にある。

「フリスクじゃもたねぇわ。何か食ってくか」

「はい」

「何食いたい」

「なんでもいいです」

「舌にビリッビリッてくるやつがいいな。なんかもう思考停止するぐらいの。タイとインドどっちがいい」

「どっちでもいいです」

明日、火葬して骨は海に撒くことになっている。薫たちはそれを忠実に実行する。

第四章　四分

日が昇るとセミが鳴き始める。八月になった。

起きたら全身が重だるかった。いつもぼんやりしているが、輪をかけてぼんやりしていたようでベッドから落ちるわ、ドアを開けるのと出るのとのタイミングが合わず額をぶつけるわ散々な目に遭いながら、洗面所を経由してキッチンに入った。

「おはよう。あら、薫どうしたの？　顔色が悪いわよ」

「さっきドアにぶつけたからかな」

「いやそういう色の悪さじゃなくて。何、ぶつけたの？」

「うん」

ダイニングテーブルで珈琲を飲んでいた父が顔を曇らせる。薫が味噌汁を茶碗によそい間違った時点で、母がダイニングテーブルの椅子に座らせ、体温計を渡した。素直に体温を計る。母は父に朝食を出して、そのまま薫の隣の席に浅く腰かける。電子音が鳴って、何度？

と尋ねられ、薫は数字を読んだ。三十七度八分。

ああ～、と母が悪い予想が当たったとばかりに首を振る。

「風邪かしら」

「今日は休んだほうがいいんじゃないか？」

父が茶碗と箸を構えたまま提言する。

「そうよね。ゆっくり休んだほうがいいわ。慣れない仕事で疲れが溜まってたのよ」

「無理してこじらせたら大変だ」

ふたりの会話は薫の外で展開していく。そうして結論が出た。

「今日は休みなさい」

本日割り当てられている仕事を考え、返事に窮する。休めば、来てくれて助かると言ってくれた社長と柚子川に迷惑をかけてしまう。

いつものようにすぐに素直な返事をしない娘に、両親は怪訝(けげん)な顔をした。

「薫、今日は休むってことでいいわね？」

母が押し切ろうとする。薫は目を伏せる。

「――はい」

「ご飯食べられる？　お粥(かゆ)作ろうか？」

「まず水分摂(と)って、ほら母さん、スポーツドリンクなかったかな」

「あらどうだったかしら」

父の問いかけに、母がさっと立ち、冷蔵庫を覗く。あら〜、ないわ。父は茶碗を置くと、そこの自販機で買ってくるよと出ていった。

薫は父が息を切らして買ってきてくれたスポーツドリンクを飲み、母に寝るように指示されベッドに戻った。ベッドから陽太に電話をする。陽太は薫の迎えのためにこっちへ向かっている最中だった。

うつらうつらしていると、お粥と体温計、薬、水を母が運んできた。

「食べれるかしら。無理そう？　加減が良くなったらこれ食べてお薬飲むのよ」

小さなローテーブルを枕元に寄せて置いた。薫は従順に頷く。母は夏がけ布団の肩口を押さえ、レースのカーテンを残して遮光カーテンだけ開ける。椅子にかけてある作業着やシャツなどを抱え、ほかにすることを探して部屋を見回し、何もないことに多少がっかりしながら部屋を出ていった。母ははりきっている。

しばらくすると、家の前に聞きなれたエンジン音がし、止まった。インターホンが鳴り、母が応対する声が聞こえる。あらあら〜、まあすみません〜いつもお世話になっております。どうぞどうぞ、こちらです〜。

いっぺんだってノックされたことはない部屋のドアが、今回も何の合図もなしに開いた。

「薫、社長さんよ」

母は陽太に会釈をして、薫に柔和な目配せをすると出ていった。

「すみません、社長」

コンビニ袋を提げた陽太は部屋を見回し、本棚のピーターラビットの耳を引っ張った。

「お前、げっ歯類が好きなわけ？」

「そうかもしれません」

陽太はベッドのそばに胡坐をかいた。

「今日の仕事、どうなりますか？」

「オレと柚子川でなんとかなる」

「申し訳ありません」

陽太は何の感慨もなさそうな顔で薫を見る。薫は陽太をぼんやりと見返す。人を見るときは、薫は常に焦点をぼかしている。それが人を不安にさせるとは思ってもみない。

陽太はコンビニ袋からエスカップ、アリナミン、ユンケル、リポビタンDなどを取り出してローテーブルにずらりと並べた。お粥とセットで置いてある体温計に目を留めると、ケースを外して薫に渡す。

「もう計りました」

「何度」

「七度ちょっとです」

ふん、と鼻を鳴らして陽太は薫に押しつけた。薫は受け取って襟元から脇に挟む。

「ほんとにすみません。丈夫なほうなのでめったに風邪なんか引かなかったのに」

「年取ってるってことだろ。十代の免疫力を基準にするな。薬は？」

「まだです」

ピピッと体温計が鳴るや否や、薫が読む前に陽太が奪った。液晶表示を確かめると、右目を眇めて薫を見る。

「どーすんの三十九度台乗っちゃってるよ」

「社長、休んだらクビでしょうか」

「は？」

「明日までには治して出勤します」

陽太は瞬きした。

「え、何。必死だったりする？」

今度は薫が瞬きする。

「必死……？」

自分は今、必死なのか？　必死ということは、仕事に執着を持っているというのか？

薫は混乱する。

陽太は腰を上げた。

「こんなんでクビにするわけねーべ。じゃあオレ行くわ」

「ご迷惑をおかけして申し訳ありません。来てくださって、ありがとうございます」

出ていったドアの向こうで、陽太が母と挨拶を交わす声が聞こえる。すみませんオレ……私の管理不足で……。いえいえ違うんですよ、普段はとっても丈夫な子なんです、でも、今回は気がかりなことがあったから……。気がかり？　子どものころに住んでいたアパートが取り壊されるって知ってからどうもねえ……ショックだったのかしらねえ、と母の憂い声。

かつて病気になると、薬代がかかると酒好きのお母さんの機嫌を損ねた。薬を飲むのはお母さんを苦しめることになる。だから薬に頼らず自然と回復するのを待った。布団を被ってじっとしていればいい。その間、口にするのは水だけ。食事を摂ると消化に体力を奪われる。もとより食欲はない。小島家に来て風邪を引いたとき、薬だ医者だと大騒ぎされて驚いた。病院で診察を受け、会計する母の横で、薫は罪悪感から冷や汗が止まらなかった。

ケガもそうだ。傷薬など使ったことはない。体に任せる。負傷箇所を気にかけない、いじらない、放っておく。それが当たり前だった。

薫はテーブルの上の善意を見やり、肩をかいた。


飯岡の古いアパートの二階で、薫母子は暮らしていた。二階なのに、湿気がこもり畳はいつも湿っていた。

お母さんが、児童手当は使いきったからもうお前の食べるものなんかないよ、と吐き捨てる。腹が減ってしかたないので、水を飲むのだが、いくら飲んでも満腹にならないばかりか気持ち悪くなり、薫は耐え切れずに流しに吐いた。吐いたらお母さんは目を吊り上げて水がもったいないと怒鳴って薫の腹を蹴った。床に転がった薫に、黒い影がのしかかる。焦点を結ばないように注意しながら顔を上げた。蛍光灯を背負ったお母さんは影に覆われて真っ黒だったが、酒瓶を握り締める手の関節は、血が通わず闇の中で際立って白い。

——あんたなんかいなきゃいいのに何にもいいことないよ生きてたってしょうがないんだ一緒に死のうかねえあたしと一緒に死ぬか？


翌日には熱も下がり、出勤できた。依頼人宅は仙北町駅から一・五キロほど。開発が進み、新築と昔からある家が混じっているような地域だ。

依頼者は植松梅（うえまつうめ）。夫を十年前に亡くした七十五歳。息子と娘はそれぞれ所帯を持って別に暮らしている。薫が「ちいさなあしあと」に就職する前からの顧客だ。仕事内容は主に、梅の旅行や入院時の老犬の世話だった。最近になって当家に頻繁に通うようになったのは、梅が家の中で躓（つまず）いて腰を打ち、散歩に不自由するようになったためだ。

「夜は孫がやってくれるんだけど日中はどうしてもお願いしなくちゃいけなくて」

と、こぼしていた。

対象はテリアと柴犬が混じったような赤い中毛種の犬で、マロンと言う。親の介護で飼い続けられなくなった友人から娘さん一家が頼まれて、引き受けた犬だった。今度はその娘さん一家が転勤に伴い転居先の都合で飼えなくなったため、梅が引き取ることになったのだ。

マロンに次いで植松家へやって来たのは、梅の長男の息子、二十四歳の孫・健（たける）である。二階にいる気配はあるのだが、植松家に通い始めて一週間、薫はまだ健には会っていない。

太陽が照りつけるどこまでも平たい道を、キャリーバッグを転がしてやってきた薫は、生垣で囲まれた昭和の中ごろに建てられたと思（おぼ）しき植松家の玄関前に立つ。インターホンを押して少し待つと、すりガラスの引き戸に人影が浮き出て、開いた。

「こんにちは。ちいさなあしあとの小島です」

「いらっしゃい」

梅は穏やかに迎え入れる。薄化粧をして、白髪染めをした髪を後ろでまとめ、丸襟の白いブラウスにくるぶしまでのベージュのパンツを着用している。耳にはパールのピアス。清潔感と上品さを兼ね備えた格好をしている。

一畳ほどのたたきは靴で埋まっている。下駄箱は扉が開けっ放しで、靴のほか、靴ブラシ、ゴムボール、フリスビーが溢(あふ)れている。傘立てに挿しきれないほどの傘。

廊下だって負けてはいない。雑誌、新聞紙をまとめたもの。値札のついたままのスリッパ。なぜか炊飯器が二台、レンジが二台、当たり前のように重ねられていたりする。「ゴミ屋敷」ではないが、極端に物が多い。

「どうぞどうぞ、上がってくださいな」

梅の足が置かれた跡を踏むように物を避け、梅が物を踏めば薫はまたいで続いた。通された居間も物に占領されている。壁際に寄せられている三台の掃除機。投網のように床に広がっている延長コード。茶だんすには、大きさがまちまちの湯飲み茶碗に珈琲カップが重ねられ、寝かせられた花瓶に腕時計やネックレスが絡まるなど、創意工夫の上にさらに技巧を凝らした収納方法で押しこまれている。

埃っぽいテレビから、さんさ踊りの録画映像が流れている。コタツがある。外装が開けられたドッグフードが山となって積み上がっている。どれも一回与えてみてマロンが口をつけなかったものらしい。えさは健が通販で入手しているという。

天井が軋む。薫は首を反らした。

「健くんが起きたのかもしれないわ。ご飯食べるかしら」

今度は背後の台所を振り向く。台所もなかなかのものである。ダイニングテーブルはコップや鍋、タッパーで埋まっている。カーテンのようにぶら下がるフライパン、レンジの上にトースター、その上に炊飯器。薫が見た限り、この家には都合三台の炊飯器とレンジと掃除機があることになる。ダイニングテーブルの椅子には洋服とバッグが層を成して引っかかっていて、さながら千羽鶴。

マロンはコタツのかけ布団の角に横たわっていた。ペットソファーも——三つ——あるのだが、マロンはコタツがけのほうが好みらしい。

「マロン、こんにちは小島です」

老犬はうっすらと目を開ける。マロンの体調の異変に気がついたのは、健らしい。水をやたら飲み、やたら食う。そのわりに痩せていく。最初、梅と健は糖尿病を疑った。梅から相談された陽太は、梅を伴ってマロンを獣医に診せた。乳癌と子宮癌を併発していた。避妊手術はしていなかったし、出産経験もなかった。

癌の切除を勧められた。マロンが高齢であるので梅は心配したが、ほかにどうしようもない。放っておいて病気が進むのに任せておけるほど冷徹ではなかった。

大がかりな手術は成功した。一週間の入院中、健は一度も見舞いに行かなかった。しかし、費用の二十万は健がポンと出したそうだ。

それから二ヶ月。

マロンの体調が再び悪化した。動くのを嫌がり寝てばかりいるようになった。散歩にも行きたがらないのだが、それだとますます衰えてしまうというので、多少無理をさせても外の空気を吸わせるために連れ出している。日に日にその距離は短くなる。うずくまれば抱き上げた。そのときに気をつけなければならないのは傷痕を圧迫しないように抱き上げること。うっかり圧迫してしまって、マロンに悲鳴を上げさせ噛まれること数回。カートに乗せるという手も考えたのだが、タイヤの振動がマロンに直接響くため却下となった。患部に触れさえしなければマロンはおとなしい。抱いて、散歩コースを歩く。

水を飲むときは、どうにかこうにか起き上がるものの、えさは口元へ持っていかない限り食べなくなった。

梅は寝返りを打たせ、膝にタオルを敷いてマロンの頭をのせ、抱きかかえてペースト状にしたえさをシリンジで口に流しこむ。溢れたえさをタオルで拭って横たわらせ、二十分ほど、吐かないかどうか見守る。オムツは、日中は梅が、夜中は健が換えている。

「ここ一週間は、飲まず食わずで。好物の豚肉をやっても顔を背けるのよ」

健が与えればわずかに食べるらしいが、健は、日中はトイレと風呂以外では二階からおりてこない。健の食事は梅が部屋のドアの前に置いておくという。

「引きこもりってやつ」

会社に戻って報告すると、決まって陽太か柚子川がそう口に出す。

「飼い犬が大変なときに冷たい人だ」

柚子川が顔をしかめる。

「引きこもりなんてやってる場合じゃないでしょうに」

「いやいや、引きこもってくださってるからオレたちが飯にありつけるんだ、健サマには感謝だ健サマ神様仏様だ」

「仏様にはするんじゃないよ」

マロンの死亡日時は五日後、八月九日の正午前後。

マロンに飲ませる薬代は、健が支払っているという。梅が言うには、アニメ制作会社に勤務していたときの貯金とのこと。人間関係と過労により退職。絵が唯一好きで得意だったのだが、その一件で職ばかりか自信も失った。実家に引きこもると両親から邪魔にされるようになり、その状況を知った梅が「そんならうちにおいで」と呼んだのだという。

「それなのに、梅さんからも身を隠しておまけに飯は作らせるって、なんて孫だ」

柚子川は義憤にかられている。

マロンにはホルモン剤と胃薬の錠剤を一日二回与えなければならないのだが、梅や健が与えようとしても口を開かないそうだ。何かいい方法はないかしらと相談された薫がマロンに聞くと、梅の使っているハンドクリームの匂いが苦手ということが判明。それを伝えたら動物の言葉が分かるとは知らなかった梅は驚き、けったいなものを見るような目で薫を見た。

何も塗らない手で試してみたところ、今度は飲んでくれたそうだ。

健も何の匂いか分からないが、匂うそうで、薬を飲ませるときは匂いを落としてからにしてくれと、梅にマロンの言葉をそのまま伝えた。

そうやって数日は飲めていたが、間もなく口にできなくなる。薫が話しかけても意識は混濁し、返答はほとんどなくなった。

「この子も、去年まではまだまだやんちゃだったのよ。スリッパだの靴だのを隠すわ、畳を掘ってボロボロにしちゃうわ、誰にでも吠えて手に負えなかったの。お宅の社長さんや柚子ちゃんにも毎回吠えるんですもの、申し訳なくてねえ」

梅は苦笑いをしてマロンに優しい眼差しを注ぐ。

マロンには聞こえているのかいないのか、耳をピクリともさせない。コタツがけにぺたりと喉をつけて目を閉じている。飾ってある写真を見れば、昔は全身が茶色で、鼻の周りは真っ黒。今のマロンは枯れ葉色で、鼻の周りは白い。人で言うと九十を超えている。

「すっかり性格が丸くなってね、初めて会ったあなたにも吠えたりしなかったでしょう？」

「はい」

マロンに初見の挨拶をしたとき、マロンは吠えようとした。それが自分の仕事だと自負していたから。しかし吠えなかったのは丸くなったのではなく、吠えようとすれば腹部に圧力がかかり、手術したところが痛むからだ。マロンは仕事をできないことを深く恥じている。深く傷ついてもいた。たらい回しにされ、行き場のなかった自分を引き取ってくれた梅と、世話をしてくれる健に義理が立たないと嘆いていた。そして、情けなさに心を閉じたのだった。

今日もマロンは食事を摂らず、水をシリンジで垂らすと少しだけ飲むものの、薬はもちろん口にしない。

「腫れてるようなのよ」

「え？」

手術をしたところが腫れてるみたいなの、と梅は顔を曇らせる。薫が確かめようとマロンの後ろ足を持ち上げようとしたら思い切り噛まれた。

「あらっ大変、大丈夫!?」

梅が血相を変えて薫の手を取る。出血はしていない。赤い点がふたつあるだけだ。

「大丈夫です。嫌がることをしてしまったせいです。申し訳ありません」

マロンに謝ると、彼女は前足の間に顔を埋め、全身を震わせた。噛むだけの力が残っていることを薫は知る。

「夜は、健さんが面倒を見ているんですよね」

「ええそうね」

梅は天井を見る。「昼間、何やってるのかしらねぇ。ひとりぼっちで上にこもってたって寂しいだけでしょうに」

梅が顔を戻してそう思うでしょう? と同調を促すように小首を傾げた。薫は同調も反駁(はんばく)もしない。

散歩など決められたケアをし終わり、植松家を辞去する。

キャリーバッグを引っぱりながら、手の赤い点を見る。

意識が朦朧(もうろう)としていたはずなのに噛んだ瞬間、マロンは力を加減した。マロンがゾッとしたのが伝わった。しまった、と。震えたのは罪悪感からのようだ。

青々と茂る藤棚とブランコがあるきりの小さな公園に入る。いい木陰になっている藤棚の下には、ベンチと木製のテーブル。薫はそこで母が作ってくれた弁当を広げた。ネギとベーコンを混ぜた卵焼きを食べる。ほかに茄子(なす)の煮びたし、豚の紅ショウガ炒(いた)め。おにぎり。ありがたい。

子ども連れで犬の散歩をする人が通り過ぎる。犬に話しかけているが、犬との会話は成り立っていない。だが、それぞれ幸せそうだ。

親子を見かけると、あの親子は本物だろうかと考えていたのは、いつごろまでだっただろう。今はもう考えなくなっていた。

弁当に目を落とす。かのマコトくんをもってすれば、今このときも、うたかたということになるのだろう。本物も偽物もない、と彼は言うのだろう。

翌日、植松家から戻ってきた薫は、自分のデスクに着いてビデオカメラを再生しながら報告書を入力し始めた。

「今日、健さんを見ました」

「えっ本当!?」

薫の言葉に、隣から柚子川が身を乗り出す。

今日は梅が親戚の墓参りのために故郷へ帰るということで、日中の世話を頼まれたのだ。

梅は健くんに頼めればいいんだけど……、と言葉を濁した。あと四日で死んでしまう犬の面倒を健だけで見られるか不安らしい。何かあったときに対処できるか、できなかったら健の自信をさらに喪失させてしまうんじゃないかとも懸念して、プロにお願いしたいということだった。

薫にしてみても素人だが、言葉が分かるという点においては確かにほかの人よりは、動物がしてもらいたいことを汲めそうではある。でもそれは相手が喋ってくれる場合のみだ。喋る気のないものや喋るだけの体力がないもの、意識が混濁しているものには何もできない。

「お孫さんを目撃したって、なんで」

柚子川が顔を輝かせて説明をせっつく。陽太はあまり興味がないようでパソコンモニターの向こうで仕事を続けていた。

「マロンが鳴いたからです」

柚子川の表情が笑みを浮かべたまま固まる。「――え？」

動画では、コタツがけの上で静かに寝ていたマロンが顔を上げていた。ぼんやりした顔で辺りを見回す。立ち上がろうともがく。薫がぼそぼそ言う声が聞こえる。マロンはその声に反応しない。薫が立たせてやろうと手を伸ばすと、鼻にしわを寄せてけん制した。薫の手が画面から去る。マロンは苦労して立ち上がると、おぼつかない足取りで歩き始めた。意識が混濁しているようだ。カメラが持ち上がって、マロンを追う。マロンは延長コードに躓いて転んだ。平泳ぎするようにもがくばかりで起き上がることができない。その時点で、柚子川が顔を曇らせた。

カメラがコタツかどこかに置かれた。画（え）の中に薫が入ってきて倒れているマロンの口の犬歯の間からシリンジを入れる。ゆっくりと透明な液体が口へ注がれる。マロンは舌を覗かせてぺろぺろと舐める。

「水、ですか？」

「はい」

その直後。痙攣（けいれん）し始めた。金属的な鳴き声を張り上げる。カッと見開かれた目は充血。後ろ足を動かして、その反動で頭を起こそうとする。頭が落ちる。どすんと音が立つ。差し伸べられた手を全力で噛む。手から血が滴る。四肢を突っ張りブルブルと震えている。

マロンの悲鳴が事務所内に響いた。

陽太が席を立ってやってきて、薫の背後からカメラのモニターを覗く。薫の脳天に舌打ちが降ってきた。

「薫、お前何やってんだよ」

陽太がモニターから顔を上げた。呆れている。目の奥に冷たい怒りすらある。

「水を飲みたいのかと思ったので、与えました」

「与えました、じゃねえよ。ものすごく痛がってんじゃねえか、どーすんのこれ」

モニターの中では、マロンが体を強張らせ、起き上がろうとしては倒れ、悲鳴を上げる。まさに七転八倒。

そしてスリッパの音が慌ただしく迫ってくる。音が途切れたところでカメラが振られた。画面の中に男が映る。柚子川が息をのむ。

「これ、健って人？」

「はい」

画面の男は小柄で、おそらく百六十センチを超えたぐらい。細い。耳が隠れるぐらいの髪の長さ。かけている眼鏡が曲がっている。血の気の失せた顔で呆然とマロンを見おろしている。

『マ、マロン』

健が膝をつく。カメラが畳に置かれたため、画面が物に覆われる。あとは音声だけだ。健がマロンの名を連呼する。薫の声は一切入ってこない。悲鳴が徐々に収まり始める。

陽太が額に手を当てる。

「おいおいおい、飲みたいって要求したのかよ」

「してません」

陽太の手が額から離れる。

「なんだって？」

「何も言ってませんが与えました」

陽太と柚子川が驚きの顔を見合わせる。

「お前が、自分で、判断したって？」

「……はい」

ふたりはまた顔を見合わせる。柚子川がカメラに手を伸ばしてスイッチを切った。部屋の中がしんとする。陽太がフリスクをガリガリと噛み砕きながら社長のデスクに戻ると、椅子にかけていたジャケットを取り上げ右腕を通した。クルマのキーを手にする。

「行くぞ」

「え？　陽太どこに？」

「植松さんとこに決まってんだろ。ほら、薫行くぞ」

「はい」

「ぼくも行こうか」

柚子川が腰を浮かせる。

「いやいい、いい。こういうのは人数多けりゃいいってもんじゃねえから」

陽太は手のひらを振って断った。こういうのとは、クレーム対応ということだろう、と薫は前の職場での記憶からそう理解した。

ハンドルを握る陽太が前を見据えたまま聞く。

「お前が帰ってくるとき、犬はどうしてた」

「眠ってました」

ほっとしたように陽太は息を吐いた。

「お前それ……、血ぃ止まったか」

「何がですか」

「何がって、左手だよ左手。噛まれたんだろ」

しげしげと見て、「ああ……そういえば」と漏らす。

陽太が舌打ちして路肩にクルマを寄せた。薫の手の甲の親指のつけ根二か所には小さいバンソウコウが貼られて血がその下から依然として伝い流れている。陽太の顔がしかめられた。「もぉ、何やってんのよ流しっぱなしにするんじゃねえよ、怖ぇわ」

「大したことありません」

こすった。血は手の甲に延びただけである。

「一応、バンソウコウを貼ったわけだ」

「はい。汚れるので。汚れはお客様に不快感を与えてしまうので……でも対策としては不十分でした」

すでに作業着の袖口が茶色く染まっている。

陽太はため息をついてシートベルトを外すと、シートの下から薬箱を取り出した。薫へ渡す。

「すみません、ありがとうございます」

血がしみたバンソウコウを剥がすと、赤黒い穴がふたつ露になる。陽太は横目で見たもののすぐに目を背けた。薫は薬箱から一番小さいバンソウコウを手にした。それが最適だと目測したからだ。それを見た陽太は薫の手をつかんだ。

「もういい、分かった、オレがやる」

脱脂綿で血液を拭き取る。傷の修復力を促す大判のバンソウコウの粘着保護フィルムを剥がす。薫は上目遣いで陽太を窺う。車内灯が、ただでさえ目鼻立ちがくっきりしている陽太の目元の影を、いよいよ濃くしている。

「怒っていますか」

薫は確認する。

「ああ？」

陽太が視線を上げた。無表情の薫は、上目遣いで陽太を見つめているようだが、やはり焦点は心許ない。陽太は視線を手元に戻してテキパキと手当てしていく。

「怒ってたらなんだっての」

「謝ります」

「謝って許してもらえるならな」

「許してもらえないでしょう。謝れば許してもらえないんです」

「謝っても、だろ」

「謝れば、です」

陽太は手を止めた。薫は陽太に目を留めているが、目に映っているのは陽太ではないようだ。

「謝られれば、もっと腹が立ちます。謝罪は怒りを煽(あお)ります。それでも私は謝ります。ごめんなさいごめんなさいと」

ごめんなさいと謝ったら酒瓶が飛んできて、たんすにぶつかり頭の上で割れた。破片が左肩を切った。血が溢れてくる。服が汚れる。汚れれば叱られる。手で押さえる。指の間から湧いてくる。バンソウコウは家にない。あってもそれは薫が使っていいものではない。だからひたすら舐めた。猫や犬みたいにひたすら舐める。空きっ腹に血は吐き気を催させた。しかし嘔吐も許されない。

かおる。

顔を上げる。黒い影となったお母さんが目の前に立っている。目が光っている。どこを見ているのか定かじゃない。薫は背中を壁に押しつけた。恐怖で声が出ない。

けがしたの。

薫には「汚したの」と聞こえた。薫はつばを飲む。なんと答えればいいのか分からない。

いたいでしょう。これでとめてあげる。

お母さんの手には洗濯紐が握られていて、畳に長々ととぐろを巻いていた。

とめてあげる。

湿った畳に足の裏が吸いつく音が近づいてくる。

逃げようか、逃げまいかしびれる脳みそでもって薫は迷う。お母さんが薫の前に膝をついた。その振動が心臓を揺さぶる。両手に握った紐を近づけてくる。逃げないほうがいい。逃げればもっとひどい目に遭う。白い両拳の間にピンと張られた紐が顎の下に迫ってくる。酒と汗の臭いがした。薫は俯き目をきつく閉じた。

「薫」

呼ばれて、薫は瞬きをした。すぐ目の前に陽太の顔があった。薫の意識は陽太に、現在に戻った。左手は綺麗に手当てされていて、血も、傷も見えなくなっていた。いつの間にか、自分の左肩をきつく握っていて、右手がその形に固まり、容易に戻らない。

「頭が腐って落っこちて。誰かの頭とすげ替えられるからか」

陽太の言葉に、薫はわずかに目を見開く。

「だから自分で判断して、水をやったのか」

「……前に言ったこと、ご記憶でしたか」

「オレを馬鹿だと思ってるだろ。――お前、誰かの頭とすげ替えられたくねえのか」

薫はすぐには返事をせず、左肩を見つめる。陽太は深追いすることなく、薬箱をシートの下に押しこみ、車内灯を消した。シートベルトを締める。

誰かの頭とすげ替えられたほうが楽なのかもしれない。でもすげ替えられたらもうそれは、私ではない。

薫は黙っていた。

陽太は薫を一瞥し、クルマを発進させた。

紐がかかったのは首ではなく肩だった。お母さんは薫の肩をきつく縛った。薫は目を開けた。明るかった。気がつくと夜が明けていた。不思議だった。どうして、と思った。どうしてお母さんは――。

　血は止まった。今日は欠席しなさいと言われた。


　薫の携帯が震えた。液晶画面に「植松様」の表示。

「誰から」

　ハンドルを回しながら陽太が尋ねる。

「植松さんです」

　陽太は、うわぁと顔を引きつらせた。こりゃ褒められるなあ。

　薫が出ると、梅は慌てふためいた様子でマロンの様子がおかしいと訴えてきた。

　植松家に駆けつけると、マロンは痙攣していた。呼吸も苦しげ。梅がおろおろとマロンの名を呼び、健がマロンに手を伸ばしかけたり、引っこめたりを繰り返している。どうすればいいのか分からないが、何もせずにいられないという焦りと不安が見て取れた。

「どうしましょう。どうしたらいいのかしら。急に苦しみ出して。これって痛がってるのよね？　ね？　どうしましょう」

　梅は慌てすぎて、転がっているゴムボールを踏みつけ転びそうになり陽太にすがりつく。

「病院へ連れていきましょう」

陽太が動転している梅ではなく、比較的マシな健に提案する。健は焦り顔のまま首を横に振った。

「マロンは病院が嫌いなんです」

陽太は一、二秒、健を正視する。健は目を合わせない。

「おい薫、マロンは何て言ってる。病院へ行く気があるか聞け」

薫はマロンに尋ね、耳を寄せた。だがマロンに薫の声は届かない。必死に苦痛と戦っている。梅が見るに堪えかねて座敷から出ていく。マロンは目をひん剥いて、口を開け、ひぃひぃと鳴き続ける。小便を漏らし、ブルブル震える。

「健さん」

薫は呼ぶ。

「マロンがあなたを探しています。マロンの視界に入ることをお勧めします」

腰が引けていた健がマロンを覗きこむ。

「梅さん」

薫は梅も呼ぶ。

「梅さん」

梅は来ない。

「梅さん、マロンが呼んでいます」

薫は、名前を呼ばれたかった。

名前を、呼ばれたくなかった。

お母さんが機嫌のいいとき、名前を呼ばれたかった。機嫌の悪いとき、名前を呼ばれたくなかった。機嫌が良くても悪くても、お母さんはお母さんの声で私を呼ぶ。機嫌が良くても悪くても私が必要だったからだ。私を呼ぶ声が「薫」と像を結ぶ。像を結べた私はちゃんと「薫」になった。私はあのころ、お母さんの声で呼ばれて初めて自分が「薫」であると実感できた。頭をすげ替えられてしまったら、そのことも忘れてしまうのだろう。

「梅さん、マロンちゃんが呼んでます！」

陽太が声を張る。

マロンが激しく痙攣する。充血した目が飛び出しそうになる。薄く開いた口吻から掠れた鳴き声が漏れる。呼吸は荒く手足は固く突っ張っている。辛くても痛くても、マロンは梅と健を呼ぶ。

梅が戻ってきた。

「マロン」

マロンの前に膝をつく。こめかみに青い血管を浮かせ目を真っ赤にしている。もうだめなのかしら、もうだめなのかしらと繰り返している。

「大丈夫ですよ、まだ」

陽太が場違いなほど冷静に、ある意味残酷なことを言う。本人的にはフォローしているつもりなのだろう。

植松家のふたりがマロンの視界に入ると、徐々にマロンの発作が沈静化を見せ始めた。やがてマロンは落ち着きを取り戻し、とろとろと眠り始めた。健は容体が安定したのを見届けると、薫と陽太から逃げるように二階へ引っこんだ。

陽太は昼間の一件を謝罪した。てっきり健が梅に伝えているものと思っていたが、梅は初耳だったらしく驚いていた。それでも薫を責めはしなかった。本当に喉が渇いていたんでしょう、だからもらった水を飲んだんです。薫さんには感謝ですよ、とマロンを静かになでながら少し悲しそうな顔をした。

植松家の玄関を出ると、石畳のアプローチに淡い光が落ちていた。薫は家を振り仰ぐ。二階の部屋は障子が閉まり、室内の明かりをおとなしげに滲ませている。

「腹減った。何か食ってくか」

「はい」

時刻を確認すると十時に近かった。陽太はどの店に入るか迷うことなく一番最初に目に入った食堂に決めた。

こぢんまりした洋食屋だ。カウンターにつくとエプロンに三角巾をつけた女性が、陽太へメニューを差し出した。陽太は薫に先に見せ、おしぼりで手を拭く。

「社長は何を召し上がるのかもう決めてるんですか？」

「お前と同じのにする」

グルグルと首を回して、天井を仰いであー、とうめく。

薫は選択せねばならないことににわかに緊張し、メニューを睨む。カウンターの向こうで皿を拭きながら店の人が待っている。早くしないと。

「なんでもいいじゃん、別にこの一食が最後の晩餐（ばんさん）ってわけじゃないんだから」

「はい？」

「オレたちゃとりあえず明日も生きてる。健康だし、若いし。事故に遭わない限り、明日の生存確率は九十九％と言っていいべ」

薫は頷き、メニューに目を落とす。

「じゃあ、これ」

一番上のオムレツセットを頼んだ。

「初めて自分で選びました」

薫はわずかに顔を上気させている。

「おめでとう」

陽太はさしたる感慨もなく祝辞を述べ、薫からメニューを引き取って開くと、何食おうっかなあ、と検討を始めた。

「一緒のじゃないんですか」

陽太はステーキセットを注文して、メニューを閉じた。

「社長、梅さんに頭を下げたじゃないですか。小学生時代の社長なら、まず謝らなそうだったので驚きました」

「そらオレだって社会人ですから」

陽太は自慢げだ。

「おとなになりましたね」

「は？」

「『オレ』と『私』を使い分けてますし」

「何その上から目線」

「私は全然進歩してないんで」

「してんじゃん」

「どこがですか」

陽太は返事に窮して、「成長しない人間はいねーべ」とどっかからコピペしてきたような文言を吐いた。薫がうつろな目を向けると、改めて思案したのち、「あ」と閃いて、メニュー選んだべ、と言った。

「それに、自分で判断して水を飲ませた」

「……あれは、本当にすみませんでした」

陽太は深く息を吸った。

「それにしてもおぼっちゃまくんのご登場には腰を抜かしそうになったな。マロンが癌になったとき、病院に連れてもいかないで引きこもってたやつが、だ」

「鳴き方が異常でしたから」

「平然と言ってっけど分かってんの？　お前の責任でもあるんだからな」

「すみません」

「落ち着いてよかったよ。あれでぽっくり逝かれたんじゃオレの見立てが外れたってことになって、信用に関わってたからな」

「外れることがあるんですか？」

「今まで一度もない。だが、これまでになかったからと言ってこれからもないとは限らない」

「少し弱気になっていますか」

「はあ？　なってねえし」

ちょうどオムレツセットと、ステーキセットが提供された。陽太は鉄板皿の上でジュージューと澄んだ脂を泡立たせているステーキを大きめに切って口に押しこむ。おしぼりで口を乱暴に拭った。

「事故だ事件だ以外は分かる。ぶっちゃけ自殺しようとするやつも分かるんだよ」

「匂いで、ですか」

「死ぬ方向に進んでるやつは、同じ匂いがするんだ」

「自殺しそうな人、止めたことありますか」

「ねえ。止める気もない。それに最近どっかで聞いたけど、生きるの死ぬのは権利なんでしょ。だったらやっぱりオレに止める権利はないね」

南の言葉をなぞった陽太は塊肉を目いっぱい頬張る。薫もオムレツを食べた。色の濃い卵には生クリームが仕こまれているのかコクがあり、滑らかだ。

「うまいか」

「おいしいです」

薫は顔を上げる。

「今まで食べた中で一番です」

来週にはお盆がくる。

「今日はとても落ち着いていて、どうしたことか目の色が違うの」

嬉しそうな梅に座敷に通されると、マロンは黒目勝ちの目で薫を見上げた。きちんと焦点が合っている。

「こんなに元気なのに、本当に明後日には逝っちゃうんですかねぇ。なんだか信じられないわ」

梅は見立てを訂正してほしいようだ。陽太が死期を決めているのではないのだが、飼い主にとってはそう思うことで別れの辛さから目を背けたいのだろう。

「誠心誠意ケアさせていただきます」

薫は殊勝に頭を下げる。訂正はしない。

その日の午後六時半だった。薫が別の現場からキャリーバッグを転がして帰社する途中、梅から緊急の電話が入った。ここからだと植松家までは三十分はかかる。薫は社に電話した。運よく陽太も柚子川もいた。

三十分後、薫が植松家に着いたときには、マロンはのた打ち回っていた。ひどい痙攣で金属的な短い声を発している。糸ミミズのような血管が浮き上がる目を飛び出させ、呼吸もままならない。梅は狼狽して泣き、健は険しい顔でマロンを凝視しピクリとも動かない。

陽太と柚子川が薫を伴い廊下に出た。

「少し落ち着くと、また痛みをぶり返す。落ち着くのと発作とを繰り返してる」

「病院へ連れていくのを提案したんだけど……迷ってるみたいで」

陽太がマロンの状態を説明し、柚子川が飼い主の動向を伝える。薫はさもありなん、と頷いた。

「マロンは病院が嫌いです。体を切開されてエタノールの臭いがする狭いケージに閉じこめられた恐怖と不安がしみついています」

薫は前にマロンが訴えたことを代弁する。陽太が舌打ちをした。「無理に連れていけば死期を早めるってことか」

座敷から、梅が健の名を慌てたふうに呼ぶ声が聞こえた。陽太と柚子川は一瞬目を見合わせて座敷へ戻る。薫はふたりに続いた。健がマロンに手を伸ばそうとしている。錯乱状態のマロンは、健を飼い主だと認識できていない。牙を剥いて歯を鳴らす。

「どうしようというんですか」

柚子川の口調がきつい。

「病院へ」

硬い口ぶりで健が答える。色を失くした頬が引きつっていた。伸ばした手を噛まれ、引っこめる。親指の股に小さな傷が二つ。血が滲み出る。

薫は、すっとマロンに両手を伸ばした。躊躇いのなさに全員が呆気にとられ、止めようという意識も働かない。マロンがかぶりつく。梅が小さく悲鳴を上げた。が、薫は顔色ひとつ変えずそのままマロンを抱き上げる。

行く手を塞ぐ大量の物をまたぎ、ときに踏みつけて玄関へ向かう。よろめいて、積んである物にぶつかって雪崩を起こさせたのは分かったが、後ろを確認することなくぐいぐい進む。

マロンは腕の中で少し落ち着きを取り戻した。

陽太、柚子川、そして健が追いかける。玄関で追いついた柚子川が靴を踏み散らして薫より前に出ると玄関扉を開ける。薫が出て、陽太、柚子川と続く。健も玄関の敷居を跨いだ。

運転席に乗りこみかけた陽太がパオの屋根越しに、玄関に立つ梅を見やる。

「梅さん、あなたはどうなさいますか」

「あたしは」

唇を噛みしめ、梅は首を横に振る。

四人と一匹はパオに乗りこんだ。

「どうするんですか病院へ行って。行っても治療は……」

後部座席の柚子川が隣の健に問う。健は険しい顔でしばらく考えていたが、縋（すが）るような声を絞り出した。

「マロンは明後日、死ぬんですよね」

「はい」

陽太が答える。

「今すぐじゃないんですよね」

どういう意味か量りかねているのだろう、陽太は即答しない。

健は薫の腕の中のマロンに目を移す。深呼吸した。

「あと一日以上もあるんですね」

柚子川が健に目を見張る。

「も、とは……？」

「一日以上もマロンは苦しむことになるんですね……」

車内は静まり返った。

マロンが苦しみ出してから、健は逡巡(しゅんじゅん)したのだろう。いや。それ以前に、マロンが癌になった時点で考えていたことかもしれない。マロンの家族ではない面々はその心中を察して意見できない。何しろ、その一言は恐ろしく重たかったから。

健がスマホでどこかへかけた。今日は何時までやってますかと尋ね、相手が何か答えたようだ。今から行ってもいいですかと聞く。――とても苦しんでいます。はい。一時間も前に薬を与えましたが全然効きません。

薫の腕の中で、マロンは荒い呼吸を繰り返している。熱い。薫は汗ばんでくる。

次第に健の声音が非難がましくなり、速さを増し、震えてくる。

「もう治らないのでしたら」

健が喉を鳴らす。柚子川が眼鏡を外す。陽太はまっすぐ正面を見据えている。薫はマロンを見おろした。

「――楽にしてやってください」

閉院時刻を過ぎていたが、医者を含めた四人のスタッフが明かりを灯して待ってくれていた。クルマから降りようとしたとき、マロンは身じろぎした。朦朧としているはずなのに、ここが病院の駐車場であると認識したようだ。自分がこれからどうされるのか察しているだろうか。

患者のいない院内は、病院特有の臭いがきつく感じられる。マロンはいよいよ落ち着かなくなる。

スタッフに促されて診察室に全員が入った。緑のマットが敷かれた処置台にのせようとしたが、マロンは逃れようともがく。硬い背骨や柔らかいアバラ、手足の細い骨が薫の胸や手のひらに食いこむ。

処置台は体重計も兼ねており、医者はカルテを見ながら先月より体重が減っていることを指摘した。薫に抱かせたままで腹部を確認する。医者の手が傷口に触れるとマロンは悲鳴を上げ、薫の手を噛んだ。一瞬、診察室が凍りつく。陽太や健、柚子川がマロンを抱きとろうと手を伸ばすと、ますます恐怖心を煽られたようでしゃにむに暴れる。薫はマロンを落とさないよう腕に力をこめる。何度も噛みつかれた。医者以外のスタッフはマロンの迫力に気圧(けお)されて遠巻きに見守るか、へっぴり腰で手を伸ばしたり引っこめたりするばかり。

薫は怯(ひる)まない。離さない。なぜなら、マロンの恐怖と不安は薫の過去の恐怖と不安でもあったから。マロンの耳に口を寄せる。

――噛めばいい。思い切り噛め。

その刹那、マロンの目の焦点が、薫に結ばれた。

腹部から手を離した医者が緑色のマスクの下でうなる。手袋をはめていない素手は赤く染まっていた。

「手術の傷も治りきらないうちに再発してますね。治ると思ったんだけど。まさかこんなに早く再発するとは——どうしますか？」

こちらに決断させるよう仕向ける。ちいさなあしあとメンバーの視線が健に集中する。健は口を一文字に結んで薫の肩口から覗くマロンの頭を見ている。

「植松さん」

医者が答えを促す。

マロンは短い呼吸を繰り返し、ときおり悲鳴を上げてもがく。鼓動が薫の手のひらを激しく叩く。まるで心臓を直接つかんでいるように生々しい。

薫の隣に立つ健の視線は、マロンに留まることがない。マロンを直視することを恐れている。

先ほど教えていただきましたがもう一度確認させてください、と押し殺した声で言う。

「その注射は苦しかったり、痛かったりしませんか」

「苦痛はありません。あっという間です。注射は二本です。通常の睡眠薬より強い薬を入れます。眠っている間に心臓は止まります」

機械的すぎず、ウェットすぎず医者は点滴の効能でも伝えるかのように言う。

健はここに来て初めて医者を正視した。

「そしたら、それをお願いします」

医者は静かに佇み、健からの明確な指示を待つ。飼い主の口から言わせねばならないのだろう。健もそれは理解したようだ。やっと、声を絞り出した。

「……安楽死を、お願いします」

マロンは一瞬もがくのをやめた、ように薫には感じられた。陽太が顔を伏せ、頬を舌で押し、フリスクの入ったパンツのポケットに両手を入れる。柚子川が眼鏡を上げ、手のひらで目をこすり、ゆっくりと震える息を吐く。

スタッフに促され、薫たちは診察室からさらに奥の部屋へ入った。

マロンは体を突っ張って咳きこむように吠える。宥めようと伸ばされた健の手を噛む。健は喉の奥でぐっと呻く。マロンはパニック状態のまま薫の左肩に噛みついた。肩が熱くなり、逆に体は冷える。鋭く小さな犬歯が皮膚を破り、肉に刺しこまれた。スタッフがカラーをマロンに近づけると、マロンは口を離し、カラーから逃れようとして首を振る。隙を突いて取りつけた。マロンは狂ったように頭を振る。カラーが薫の頬を打つ。陽太が薫の顔とカラーをつけたマロンの間に手を差し入れガードする。健は直立したまま動かない。医者の指示で、マロンを蜂の巣状のライトが照らす台に寝かせる。医者が注射の用意を始める。金属の四角い盆に薬剤の入った筒が並べられる音が冷たく響く。一度寝かせられたマロンは、もう立ち上がれない。蹴る仕草をぎこちなくするのがせいぜいだ。ふたりのスタッフがこれを押さえた。

時計の針は七時半を指している。前足に筒の短い注射が打たれた。刺した部分を押さえた脱脂綿が見る間に血に染まる。

マロンの足掻きが収まり、体の力が抜け、頭が台にくたりと落ちる。針を腕に残したまま、筒だけが抜き取られる。スタッフが押さえていた力を緩め、カラーを外す。

薫の隣で、健の息が荒くなり、体温が上がってくるのが分かった。彼の鼓動が治療室の空気を震わせているように薫には感じられた。

医者がマロンの胸にプローブを当てる。モニターの画像は白黒で湾曲している。画像は白黒だが、薫には赤黒く見える。砂嵐に近い画の中で、心臓が拍動している。薫は自分の胸に手を当てた。マロンの拍動は、薫のよりゆっくりだ。プローブを置いた医者が太い筒の注射器を手に取った。

「それじゃ、打ちますよ」

宣告に、健が硬直する。彼の皮膚から烈しい痛みが漏れ出てくる。

薫の視線はマロンと一瞬だけ交わった。二本目が打たれた。マロンの瞼が重たくなり、おりていく。胸にプローブが当てられ、モニターで鼓動が確認される。拍動がおとなしくなっていく。徐々に赤黒く見えていた心臓から色が抜けていく。

健はマロンに背を向けて俯き、拳を口に押しつけた。

心臓が動きを止めた。

薫の目に映る心臓は白黒になった。

「心臓が、止まりました」

マスク越しにもかかわらず、医者のその声ははっきりと届いた。

マロンの腹部はもう、上下していない。

安楽死は、静かだった。

あっけなかった。

一本目を打ってからわずか四分の出来事だった。

マロンがこの世から去るのに要した時間。

四分。

やがて、表を走るクルマの音や、入院している犬や猫の鳴き声などが波のように押し寄せてきた。

「抱いて帰りますか?」

医者に聞かれ、健がぎこちなく頷く。スタッフがペットシーツを持ってきて、マロンを寝かせた。お尻や口から糞や体液が出てくるかもしれませんので、包んで抱いてくださいと助言される。健は助言を守りマロンを抱き上げた。カサカサと安っぽい音がする。健の手の歯形からは、未だ出血していたが、噛み痕をつけた本にんの腹からは血は止まっていた。もう、噛むことはない。抵抗もしない。悲鳴も上げない。今はただぐったりと健の腕にもたれているだけ。

腕からはみ出た頭が落ちた。健は体を揺すってマロンの頭を肩にのせる。マロンの鼻先が健の首筋にくっついた。

駐車場に出てすぐに健は、ペッと口の中のものを吐き出した。院内から届く明かりの中に落ちたのは、血に混じった白いかけらだった。柚子川が目を凝らす。

「なんですかコレは」

「……奥歯です。欠けたみたいだ」

健は舌で探りながら答えた。柚子川が顔を引きつらせる。陽太は駐車場のパオへ急ぎ、運転席側の後部座席のドアを開けた。健はマロンの頭を肩に押しつけて身を屈め、乗りこむ。その隣に柚子川が座り、ポケットティッシュを健へ渡した。

クルマが走り出すと、健が低く低く呻いた。

陽太はポケットに手を入れた。フリスクの音をさせたが、再びハンドルに置かれた手には何も持ってなかった。窓を開ける。昼間の暑さがウソのような涼風が入りこみ、車内を巡り抜けていく。

風の音に混じって背後からぶつぶつと聞こえてくる。――しょうがなかったんだ。健が繰り返している。

陽太がバックミラーをチラッと見やる。

――年だったし。痛がってたし。再発だし。立てなかった。寝られなかった。走り回ることも、ボールを追うことも、食べることも飲むこともできなかった。意識は混濁していた。目も悪くてしょっちゅうぶつかっていたんだ。苦しみの中で一日生き延びさせたからってそれに何の意味がある？　一日でも一時間でも、一秒でも早く痛みから解放させるのがベストじゃないか。

安楽死は、救いなのか、殺しなのか。

――仕方なかった。仕方なかったんだよ。あれがベストだったたんだ。

「仰るとおりです。あなた以外に、あなたの決断に意見できる者はおりません」

陽太が前を向いたまま厳粛な面持ちで肯定する。健が顔を上げたのだろう、言葉がクリアになる。

「自分が何か悪いことをしたのかとか、思ったりしなかっただろうか。これは何かの罰なのかと思ったりしなかっただろうか。ぼくは最期にマロンに伝えなきゃいけないことがあったはずなのに、何も伝えないまま、マロンはぼくに嫌われたとか、ぼくの姿が見えなくて見捨てられたとか思いこんで、悲しんで寂しがって死んでいったんじゃないだろうか」

誰も答えない。

「薫、黙ってるけど、今こそマロンの最期の言葉を届けるべきじゃないか？」

陽太が催促する。健がマロンからの言葉を待つ。

「言いませんでした」

「おい」

陽太がバックミラーで健の蒼白(そうはく)になった顔を見て、薫の袖を引く。

「そんなわけねえだろ、何か言っただろ」

「いえ」

「本当に言わなかったのか？」

「言いません。言葉にする前に、マロンの意識は無くなりました」

断言して薫は陽太を見た。陽太は鼻にしわを寄せて脅かしたが、それ以上薫の口からは出てこない。

陽太がバックミラー越しに健を見ながら、薫の言葉を超訳して伝える。

「あなたに不満はなく、旅立つときには痛みもなかったということです。どうかご自分を責めることのないように」

健からの返事はない。

藤棚とブランコだけの小さな公園が見えてくると、健が要求した。

「ここで降ろしてください」

陽太はバックミラーを覗く。健は無表情だ。

公園の車両止めの前につけると、健はマロンを抱いて降り、ふたつきりの街灯の明かりが滲む園内へ足を向けた。健のほうから陽太へ風が吹く。陽太は鼻をすん、と鳴らした。

「健さん」

陽太が健の背に声をかける。健は足を止める。こちらを振り返る様子はない。

「死のうと考えていますか?」

健の背中がびくりとする。健の周りだけ異様に闇が濃い。

「あなたが死んだら、マロンは自分のせいだとして苦しみますよ。せっかく苦痛から開放されたばかりなのに、また苦しむことになるんですよ」

薫は陽太を見る。彼に表情はなかった。

健の肩がひっそりと上下する。

「大丈夫です」

健の口ぶりはしっかりしていた。

「ここ、マロンとよく来たところなんです。だから寄っていくだけです……」

「そうですか。――我々はここでお待ちしております」

陽太が申し出る。

「いえ結構です。ここからうちまで近いので歩いて帰ります」

「ですが」

「陽太」

柚子川が陽太の肩に手を置いて首を横に振った。

「マロンと最後の散歩をさせたげようよ」

健は軽く頭を下げて公園へ入っていった。

憂いを含んだ夜風に、梢が擦り合わされる音が聞こえてきた。


安楽死は、救済か、殺害か。

薫は窓に映る車内を眺める。

陽太は怒ったような顔をしている。柚子川は顎のつけ根を強張らせて痛みをこらえているような顔をしていた。

クルマはスピードを上げる。電柱や、家や、駐車場や店、あらゆるものが目の前を掠めて、あっという間に後ろに飛んでいく。

会社に戻ってから、柚子川が薫の手当てをしてくれた。

「社長、死ぬのは権利だから止めないいんじゃなかったんですか」

薫は、消毒をしてくれている柚子川の手元を見る。

「止めてないでしょぉ」

社長席に腰かけた陽太は気だるげに椅子をツイストさせながらペットボトル入りの炭酸水をラッパ飲みしている。柚子川は薫の手に包帯を巻いてゴムの留め具で二か所を留めた。

「陽太の言葉が彼に届けばいいけど」

「届かなくてもいいんだ、オレが言わずにいられなかっただけだから」

「正義とか、義務とかから？」

陽太が炭酸水を吹いた。ティッシュを探すも手近にない。柚子川が包帯を放り投げる。

「ないない。そういう大義名分はオレにはない、口を滑らせただけ」

包帯を便所紙のように手に巻いて口元やシャツ、デスクを拭く。柚子川は陽太に見切りをつけると、薫に向き直った。

「薫さん、マロンは自分が殺されるって分かってたのかな」

薫は左肩に意識を向ける。

「信頼している相手に殺されるなんて考えるか？」

と、陽太。

考えないよなあ、と柚子川。

「だったら、自分がこれから殺されるなんて思うわけねえだろ。単に寝たんだよ。痛みのせいで今までろくに寝られなかったんだ、今日からは思う存分寝られるんだ。おぼっちゃまくんと散歩でもして、ボール追っかけて、うまいもん食う夢でも見るだろうさ」

さすがの陽太も、そんなおなじみのティッシュより軽い慰めは、健相手に口に出すことは控えたようだ。

「健くん、後悔するだろうなぁ。安楽死は救いなのか、殺しなのか。

安楽死させる前は『理由』でもさ、実際、させたあとには『言い訳』になっちゃうんだよね。どれだけ多くの理由と言い訳を並べたとしても、彼は自分の決断に納得しないいんだろうな……」

しんみりと呟く。健くん、マロンにいろいろ買ってあげてたよね。通販の段ボール箱が
あったもん。それなのに決断しちゃって……。

「それだから決断できたんだろ」

陽太が言った。薫が彼を見ると、彼はこっちに後頭部を向けて炭酸水を飲んでいた。

束の間、オフィスはしん、とした。

柚子川が「肩は大丈夫？」と薫の左肩を指した。作業着に血が滲んでいる。

「お、なんだコノヤロ、婉曲なセクハラか？　そーゆーの、シャチョー許しませんよ」

陽太が飲み干したペットボトルを向け、釘を刺す。薫が作業着を脱ぐとTシャツにも滲ん
でいた。柚子川が「深くいっちゃったのかな」と顔を曇らせる。

半袖を肩まで捲り上げると、五センチほどの引き攣れた古い傷の上に小さな穴がふたつ開
いていた。

「薫もだんだん一丁前になりつつあんじゃねえの？」

陽太はペットボトルで自分の頭をぽこぽこと叩く。柚子川が薫に聞く。

「自分で手当てできますか？」

「できます。それにもう止まってます」

傷は確かにここにあるのに、それをつけたものがもうこの世にいないということが不思議

だった。

柚子川は気がかりな顔をしつつも、頷いた。眼鏡を浮かせて、顔を手のひらで拭う。

「いやあ、参った。久しぶりにガツンと来ました。安楽死は辛いなあ。健くんのほうがもっと辛いんだろうけど……何度も自分に言い聞かせてたもんね。しかたなかった、これがベストだったって」

柚子川は声を湿らせる。

薫は薬箱を片づけた。

「薫さん、平気なんですか？」

陽太が勢いをつけて立ち上がる。

「柚子川っ聞くなって。聞いたら考えちまうだろ、そしたら平気だったもんも平気じゃねぇ気がしてくっかもしんねぇだろ」

陽太が冷蔵庫を開ける。炭酸水のペットボトルを取り出して、柚子川に放る。孤を描き柚子川の手に収まる。薫、と呼ばれて顔を向ければペットボトルが飛んでくる。薫は両手で受け取ろうとしたが、左手が上がらずに足元に落とした。屈んで拾い上げる。女の子に投げるなよだからお前は関係が長続きしないんだよ、と柚子川が苦言を呈し、陽太が、お、なんだコノ説教か嫁もらったからって上から目線か嫁もらうのがそんなに偉いのかと絡む。

ひがまないでよ、と柚子川が応じる。

「いよーし、話は店でつけようじゃないの。飲みに行くべ」

「望むところ。奥さんに電話しなきゃ。……薫さんも行きません？」

「私は、血がシミにならないうちに落としたいので帰ります」

「どうせすぐにシミだらけになんだから」

陽太がうっとうしそうに言う。

「でも……」

「気持ちが悪いんですよね。女の子ってそういうの気にするから」

柚子川が理解を示し、薫は一礼してドアへ向かう。背中に、「あの引きこもりくんはこれからもっと引きこもるんじゃない？」と柚子川が懸念する声が聞こえ、「そりゃおぼっちゃまくんが選ぶことだ。オレたちにゃ関係ない」と斬って捨てる陽太の声が続いた。

大通りを目指して細い路地を歩いていると、背後からクルマが近づいてきた。薫は路肩に寄る。小型車がゆっくり通り過ぎて停まった。運転席から顔を出したのは陽太だった。

「送ってく」

薫は助手席側に近づいた。

「飲みに行くのではないのですか？」

「送ってから飲みに行く」

薫を乗せたパオは、大通りに入った。陽太は正面を向いたまま聞いた。

「その傷って……」

「噛まれました」

「知ってる。じゃなくて古いほう。事故のときのやつ？」

「事故？　いいえ」

陽太はチラッと薫を見たが、それ以上は尋ねなかった。

自宅前に着くと、ちょうどそこに父が帰ってきた。パオから降りる娘におおらかな笑みを向ける。

「おお薫、おかえり」

「ただいま。お父さんもおかえりなさい」

「はいただいま」

父が運転席へ会釈をする。陽太は降りた。薫は父に、社長であることを伝える。

「こんばんは。娘がいつもお世話になっております。わざわざ送ってくださって……」

父が慇懃（いんぎん）に挨拶すると、陽太も落ち着いた物腰で返す。

「いえ、こちらこそ助けられております」

「うちに寄っていかれませんか」

「ああ、すみません。せっかくですがまたの機会に。このあと予定がありまして」

いかにも残念そうに陽太は肩をすくめた。

「そうですか。それは残念です」

話し声を聞きつけたのか、玄関から母が顔を覗かせた。おかえり、と家族ふたりを迎え、陽太に気づいて会釈をする。この間はお見舞いにいらしてくださってありがとうございました、と笑みを浮かべる。いいえ、と陽太は顔の前で手を振り、運転席のドアを開けた。乗りこみかけた彼に、父が近づく。薫の位置からでは父の表情は見えないが、陽太は愛想笑いの消えた真面目な顔で姿勢を正したから、父の面持ちは想像できた。

「その節は、本当にすみませんでした」

父が、陽太に頭を下げた。薫は父の後ろ姿に目を留めていたが、ふと視線を感じて父から目を剥がした。父越しに、陽太と目が合った。頭を上げた父に陽太は焦点を結ぶと、営業用の柔和な面持ちをした。その顔で首を横に振り、何も言わずに一礼した。

薫は家の中に入る。ドアを背にして、遠ざかっていくエンジン音を聞いていた。

両親はパオが見えなくなるまで道の端に立って見送っていたようだった。

さっき、事務所を出しな、ドア一枚隔てた向こうから柚子川の声が聞こえて薫は帰りかける足を止めたのだった。

「歯形の下のあの傷見た？」

「見たよ」

「女の子が負うには大きい傷だよね。あれって前に言ってた事故のかなあ」

「人の傷、ジロジロ見るんじゃねえよ」

「その事故って、結局何だったの」

「何だったのって、何が」

「どうも、君らを見てると違和感で肩が凝るんだ。なんでだろう」

違和感、と陽太は少し笑ったようだった。

「ぼくも同じ会社のメンバーなんだから知っときたいんだけど念のため」

「突っこんできたクルマを運転してたのが、あいつの母親だったんだよ」

柚子川の声はパタリと途絶える。

「おまけに飲酒運転」

白い乗用車はレンタカーだった。お母さんは借りてからしこたま飲んだらしい。横断歩道を突っ切ってそのまま電柱に激突した。

「フロントガラスを突き破った上半身が、ボンネットの上にうつ伏せになってた。白いクルマだったんだけど、ボンネットだけデタラメに赤いペンキを塗りたくったみたいな趣味の悪いツートンカラーに見えた」

暑い日で、ボンネットも熱せられていた。湧きだす血は、鉄板に広がる端から焼けつき、ひどい臭いを放った。

「それじゃ、彼女の今の両親は」

「伯父と伯母」

「本人から聞いたの？」

「……いや」

「なんかそういう辛い思いをしているのに、こういう、ナマの命の終焉の場面に立ち向かわされて、どうなんだろう……。薫さんは嫌だとか不快だとか感じないのかな」

「愉快なことは分からなくても、不快なことが分からない人間はいないだろ」

「じゃあ、あえて気持ちにふたしてるってこと？　自分で気づかないように」

「社会に出りゃ大なり小なりそういうスキルは身につけざるを得ない」

「いや、でも、彼女の場合それとも違うでしょう。母親に殺されかかったんだよ……」

薫はふたりの会話を思い出しながらシャツを脱ぐ。血は固まっていた。体の傷に関しては治りは早いほうだと自負している。引き攣れた古い傷だってそう長くは出血していなかった。

新しいシャツに着替えてベッドに仰向けになる。目を閉じた。肩の傷が疼く。


パソコンに向かっている柚子川に挨拶する。

「おはようございます」

「おはよう」

「昨日は、傷を手当てしてくださってありがとうございました」

柚子川が目を見開いて一瞬うろたえた、ように見えた。

「あ、うん、気にしなくていいよ。ぼくがケガしたときはよろしくね」

「はい」

柚子川は画面上のスケジュールに顔を戻す。薫も隣の席に着き、パソコンの電源を入れた。背後の扉が開いて、陽太が出勤してきた。柚子川と薫が挨拶する。陽太が返しながら社長席へ進み、椅子にジャケットをひっかけ座った。パソコンモニターの陰に姿が隠れる。薫はスケジュールをプリントアウトしてから社長席に近づいた。

「社長、昨日は送ってくださってありがとうございました」

「え？　はいはい」

入力の手を止めることなく、おざなりな返事。薫は束の間その場に立っていた。陽太はモニターから薫へと視線を移した。薫は一礼すると踵（きびす）を返す。

「薫。あのさ」

陽太の声に薫は顔を向ける。彼は書類をめくって入力し続けている。

「あの事故はお前のせいじゃねぇけどお前が気に病んで、オレに対して例えば贖罪（しょくざい）のためだの、義理だのでやりたくもないこの仕事をしてるんだったら今すぐ辞めろ」

パソコンに向かっていた柚子川からキーボードを打つ音が消える。

「そしたらオレはもうお前の前に現れないから」

何も返してこない薫に、陽太は顔を上げた。

現れなければ罪の意識も思い出すまい。

薫はプリンターの前に立っていた。鉛色の眼差しは、陽太を見ているようでやはりどこも見ていなかった。


盆最終日。民家のあちこちで送り火が焚かれている。辺りにはその、のどかで安らぐ香りが漂っていた。植松家の庭からも細い煙が上がっている。薫は背が高い生垣の前を通り、玄関へと続く石畳のアプローチを踏んだ。

姫垣で隔てられた左手の庭に、頭を落として佇む健がいる。足元には送り火用の松と段ボール箱。そばには黒々とした土が小さな塚を作っていた。

健がこっちに顔を向けた。目は腫れ、顔は浮腫んでいる。薫は一礼する。健はただ、薫に虚脱した目を向けていた。

姫垣の切れ目から庭に入った。火の匂いが漂っている。見おろした足元の段ボール箱には、書類が詰まっていた。

動物病院の診断書や、領収書、薬だ。健はしゃがみ、箱に手を突っこんで一番下から一枚を引き抜くと捻って火に放りこむ。宅配の伝票もある。品名のところに記されているのは犬に関連した商品だ。薫もしゃがんだ。

「この箱が紙でいっぱいになっていくのが励みになったんです。溜まれば溜まるほど、マロンは元気になる、と信じるようにしてました」

捻じっては放り、捻じっては放り、紙の山はどんどん減っていく。紙を投げ入れると火は一瞬だけ勢いを増す。火の命を絶たぬように健は絶妙のタイミングで投下する。

入院費。検査費。投薬代。抗生物質代。手術費。病院のそれは、感熱紙のレシートではなく、カーボン紙を使った手書きの青い写しだ。捻じる手に太い血管が浮く。薫は健がはいているゴムサンダルに目を移す。踵に齧られた跡がある。

「これで、最後です」

段ボール箱に残った一枚を取り上げる。

『植松マロン　安楽死代　５４００円』

感熱紙のレシートであれば、時間が経つと薄くなって消えていくが、その青い写し文字は消えない。いつまでも、消えることはない。

「マロンにかかった最後のお金です」

捻じらずそのまま火に滑りこませた。火が音もなく飲みこんでいく。

ふたりは、伝票が火に飲まれ、またたく間に白く変わり、そして火が死ぬまで、目を釘づけにしていた。

燃えカスはモンシロチョウに似ている。かすかな風が吹くと、時期が来たとばかりに天へと柔らかく羽ばたいた。

薫は仰いだまま言った。

「言い忘れていたことがあったので参りました」

北東北の夏は短い。お盆の終わりとともに夏も終わる。秋色を帯び始めた空に、蝶はあっという間に溶けた。

「何ですか」

健もまた首を反らしている。あまり聞きたそうな感じではない。しかしそんなこと、薫にとって気にすることではない。

薫は健に顔を向けた。健もまた顔を戻す。

「注射されて、頭がコトンと落ちる直前、マロンの目は澄みました」

健の額に険しい縦じわが刻まれる。

「それって、どういうことですか？」

「どういうこと、と仰いますと？」

「だから、どう考えればいいんですか？　あなた、ぼくにそんなこと言ってどう解釈させたいの」

薫は首を捻った。

「私は健さんにどう考えさせようとか、解釈させようなんてつもりでお知らせしたわけではありません。どうお受け取りになるかは私のあずかり知らぬところです。ただ、知り得たことを伝えるのが私の仕事なので、私は私の義務を果たすだけです」

さて、次は梅さんだ。玄関へ顔を向け、薫は腰を上げる。

「ちょっと待ってよ」

健の鋭い声に、薫は梅の元へ向かう前に、この飼い主にもうひとつ言っておこうと思った。そんなことを思うのは初めてかもしれない。

「澄んだ目をしたマロンが、あなたを恨むと思いますか？」

健は充血した目で、薫を見つめた。それから、何か意見してやろうとしてか口を開きかけたものの、どこを見ているのかも定かでない。勢い込んだ感情が一切響いていない薫を前に、くじかれたように視線を落とす。右の拳を口に押しつけ荒い呼吸を繰り返す。薫はその手に注目した。

「絵を、お描きになるんですね」

健がハッとして我が手を見た。爪の間に、茶色や黒の絵の具が詰まっている。

「マロンが、健さんから薬をもらうのを嫌がっていた原因は絵の具の匂いだったんですね」

薫は意識を切り替え、背を向けた。

「今日は、梅さんは御在宅でしょうか。梅さんにもマロンからの伝言を伝えなくてはなりません」

玄関へ向かう薫に追いすがりかけた健だったが、前のめりになっただけでそれ以上足は進まなかった。

玄関の外にキャリーバッグを置いた。植松家には、別件の仕事の合間に寄ったのである。インターホンを押すと返事があり、少しして玄関扉が開いた。軍手をして、首にタオルを巻いた梅が顔を出した。エプロンを身に着けている。

「まあまあ、薫さん、先日は大変お世話になりました」

梅は一週間前に取り乱したことが嘘のように朗らかに迎えた。案外こういう人のほうが立ち直りは早いのかもしれない。

下駄箱の扉が閉まっている。たたきにはサンダルしかなかった。そこがタイル敷きだったことを初めて知る。廊下に炊飯器やレンジはなくなっており、見通しが良くなっていた。梅が体の芯をぶれさせることなく、まっすぐに奥へ行く光景は鮮烈だ。

居間のコタツは出しっぱなしだったが、茶だんすの中もすっきり片づいている。続きの台所に目を転じれば、椅子に千羽鶴のようにかけられていたバッグや服がない。ダイニングテーブルの上には卓上醤油とソースのボトルのみ。家全体が贅肉を落としたように見えた。

「あの子を失った直後はダルくてぼんやりしてたんだけど……急に片づけなきゃって思い立っちゃったのよねぇ」

梅は見回す。

「あたしが死んだらきっとすごくたくさんの物が残っちゃうんだわ。服も、バッグも、炊飯器もレンジも……。物はたくさん残るんだけどあたしは誰の記憶にも残らないかもね。マロンが残してったのなんてゴミ袋ひとつ分もないのよ。それでいて恐ろしいほどたくさんあたしたちの中に足跡を刻みつけてったの。ちっちゃいくせに、強烈な足跡をね」

　梅はタオルで鼻の頭の汗を拭う。

「そろそろ、腰を据えて整理しなくちゃ。やってみて分かったんだけど、今のあたしには炊飯器三台も要らないのよ。一台は保温機能が壊れちゃって、もう一台はふたの横から蒸気が溢れるんだけど、どっちも炊けないこともなかったの。中途半端に使えるから捨てられなかったわけ。でも、この年になると炊飯器よりあたしのほうが先に壊れちゃうでしょ。どれもこれもそうなのよ」

　梅はほっほっほと笑う。

「あの子がいなくなったことに比べたら、例えば何かがなくて不便だとか、そんなこと些細なことね。捨てて惜しかったものなんてないわ」

　梅は薫をコタツの前に座らせると、クッキーと紅茶を出してくれた。正面の茶だんすに、マロンの写真が飾られている。カメラを見つめるマロンは口を薄く開け、口角を機嫌よく上げている。目はもちろん澄み切っていた。

「この写真は、どなたが撮られたんですか」

「健くん」

　薫は頷いた。それから梅に向き直ると、マロンからの伝言がありました、お伝えするのが遅くなってすみません、と謝った。

「名前を呼んでくれてありがとうと言ってました」

「まあ……」

梅は口元へ持っていった紅茶を宙に浮かせたまま口をぽかんと開けた。

「それから、『ここに置いてくれてありがとう』」

梅はカップをソーサーに戻した。

「マロンがそんなことを。たった、それっぽっちのことでありがとうなんて……。当たり前のことじゃないの名前を呼ぶとか、ここに置いてあげるとか、そんなのお礼を言われるまでもないことだわ」

梅はタオルを目元に押し当てる。

「ほかに何か言ってました？」

「いいえ」

「そう……」

洟を啜った梅は、赤い顔にタオルで風を送った。

「あっちの世界に行ったらちゃんとマロンと話をしましょう」

梅は白髪の混じるまつ毛に涙の粒をのせて、チャーミングに笑う。

居間に健が顔を覗かせた。

「歯医者に行ってくる」

「あら、もうそんな時間？」

健は首肯して壁の向こうへ消える。次いで玄関扉が閉まる音がした。

「奥歯が欠けたんですって。引きこもりでもこればっかりは外へ出ていかなくちゃならないものね」

いたずらっぽい笑みを見せた婦人は、すぐに、歯が治ったらまた引きこもるのかしら……と憂い顔をした。

「マロンだけが頼りだったのよ。たとえ夜でも出歩いてくれただけマシだったわ。でも、もう、いないから」

「依存ということでしょうか」

「ええまあそうよね。人はペットに、ペットも人にそれぞれ依存してるわよね」

健くんがああだから言うわけじゃないのよ、とつけ加える。薫は黙りこむ。胸にお母さんが浮かんだ。

「誰だって程度の大小はあるでしょうけど、何かに依存してるものよ。ペットだったり、仕事だったり、友だちや家族だったりするわよね。励みや希望と言い換えられるものだと思うの。自分は何にも依存してませんっていう人ほど信用できないものはないわ」

梅はひょいと肩をすくめた。

「あたし、辛いことがあると動物はいいなって思っちゃう。人はアレコレ想像して辛いことを膨らませちゃうでしょ。その点、動物は勝手に膨らませることはないような気がするの。あるがまま。起こったことだけ受け止めるって感じでね。ないことまで勝手に妄想して辛さを肥え太らせる人間って、なんなんだろうって思っちゃうわね。そんなことで苦しむために、賢くなったのかしらってね」

梅は紅茶カップが映るコタツの天板に、指で『人』と書いた。

「こう、足を前後に開いて大地に立ってる形をしてるでしょ。でもこれってひとりで立ってるのかしら。あたしたちは正面しか見えてないわけ。横から見たらエグザイルみたいにずらーっと人が並んでるかもしれないでしょう。その人たちが、この『人』を支えてるの」

「えぐざいる」

「そう、エグザイル。ご存知？」

南米辺りの民族だろうか。あとで調べてみよう。

「いえ」

「かっこいいのよ」

「かっこいいんですか」

獲物を仕留めたら、縦列行進して帰ってくる民族なのかもしれない。

「今の自分じゃ見えないけれど、角度を変えて横から見たら支えてくれてる人たちがいるって思ったほうが、生きやすいじゃないの」

「生きやすい、ですか」

「少なくとも、愉快ではあるわね」

薫は『人』という文字を想像して、ハローワークの添え木をされていた木を思い出す。細く弱い木は、支えられて立つことが許されていた。

あの木は、弱くても立つ気があったから添え木をしてもらえたのだろう。添え木さえすれば、立てると周りも認めた。そうでなければ打ち捨てられていたかもしれない。

玄関で靴をはく薫の背に、婦人のあら、という意外そうな声が届いた。

振り返ると、梅は埃まみれのスリッパの片方を手にしていた。宝物を掘り当てたように顔を輝かせている。

「これ、もう何年も前に片一方だけなくなっちゃってたの。それが、今ごろこんなところから出てくるなんて」

下駄箱の裏を指す梅の目の周りが赤くなる。

「どうです、これ。毛だらけだこと！」

細くて長い茶色の毛がもっさりと絡みついている。まあ、まあ、と梅がそれしか言葉を知らないかのように繰り返した。

植松家を辞去して、キャリーバッグを引いて行く。

通りの先に、健の後ろ姿を見た。正午の強烈な日差しが輪郭を飲みこんでいる。

公園に差しかかると彼の足は止まった。薫も立ち止まる。園内にはブランコと、藤棚、その下にベンチがある。健は園内へと入りかけたところで、踏み留まった。

カラスが鳴いている。濃い彼の影は、うずくまっているように見える。まるで、世の中全てにゼツボーしているかのように。

三分、四分……五分はいなかったと思うが、凝視していた健は公園に背を向けて歩き出した。

俯くことも、かといって肩をそびやかすこともなく、足を引きずることも大股でもなく、淡々と自分のスタイルとペースで歩いていく。

薫も歩を進め、公園の前で立ち止まる。日差しが、地面もブランコも白々と照らしている。青々と茂る藤棚が風に揺れている。薫は眩しさに目を細めた。健の気を引きそうな何か——犬——がいるのかと思ったが、いなかった。何もなかった。公園は、そこだけ時空が切り離されたような、漂白された光で満たされ、奇妙な静けさを湛えていた。

カラスが薫に気づいて、一声鳴いた。薫はその声を受け止めた。

行く先へ顔を戻す。

健の姿は、うずくまる影ごと、もうなかった。


スケジュールをすべてこなしたころには、日が傾いていた。河南地区をバス停に向かって歩く。目の前をトンボが横切っていく。清々しい空腹を覚えながらレストランの前を通りかかったとき、その大きな窓が叩かれた。

顔を向ければ同じ顔、同じ髪型、同じ体型の年配女性が並んで、薫に向かって手招きしている。薫は目をこすった。この強烈なインパクトに、さすがの薫も思い出さずにいられない。

店に入り、彼女らの席へ行くと、あのときはお世話になったわね、という通り一遍の挨拶をされた。双子のワンピースを着たほうが、Tシャツの隣へ移動し、薫は双子の前に腰をおろした。テーブルにはケーキの盛り合わせとアイス珈琲がある。注文を取りに来た店員に同じものを頼んだ薫に、双子は親しげな目を向けた。

「偶然ねえ、今日のお仕事は終わり？」

「はい」

「大変よねぇ動物の世話も。人の世話よりはマシだけれど」

「あら、千佳んとこはご主人だけでしょ、うちは娘もいるのよ。弁当作ったりアイロンかけてあげたり面倒よー」

「小島さんはひとり暮らし？　そう実家暮らしなの。楽でしょ」

薫は微笑む。ケーキの盛り合わせが届いた。それを見た双子は店員を待たせてメニューを開きあれこれ賑やかに検討して抹茶プリンを追加した。ちゃんと迷って、自分で決められる彼女らを尊敬の眼差しで眺める。

「お葬式などはいかがでしたか？」

薫が話を向けると、そのことなのよ、と双子が顔つきを一変させて揃って身を乗り出す。

「結局あの人たち、栄の後始末しなかったのよ」

「葬式はどうなってるのか日取りを知りたくて電話したら」

「なんて答えたと思う？」

「『密葬で執り行いました』って！」

「信じられないでしょう？　葬式なんてやってないのよ」

「保険金の受取人は息子と娘。マンションもそうよ」

「でもあなた、転売するにもマルオの爪痕が柱に残ってて見積もりだと二束三文らしいわよ」

「マルオ」とは「マコト」くんのことだろう。

「どうするつもりかしら」

「あたし電話してみたのよ、でも一切出ない」

彼女たちはお互いが喋る間にアイス珈琲で水分補給したり、抹茶プリンでエネルギー補給したりする。トイレもひとりずつ立つので、薫は帰るタイミングを計れない。

薫の携帯が鳴った。液晶には「社長」の表示。双子に断って電話に出る。

『お前どこ。もう事務所閉める時間なんだけど』

気がつけば外は真っ暗だ。「すみません」

レストランの名前と、南栄の双子の姉と一緒にいることを伝える。

間もなくして柚子川を伴った陽太がやってきた。双子を見た陽太が目を強く開閉し、柚子川は眼鏡を外してシャツの裾で拭いた。陽太が柚子川におすぎです、とささやけば、柚子川がピーコです、と返すので、南さんのお姉さんです、と薫が改めて告げる。

双子は柚子川のほうを社長だと思ったらしい。確かに貫禄(かんろく)という点からは柚子川のほうに分がある。陽太が直接やり取りしたのは故南栄だけであったので、双子は陽太に会ったことがない。陽太はもどかしさを押し殺した愛想笑いでさりげなく柚子川の前に出た。

「社長の斉藤と申します。栄さんのペットの件で」

「え？　こちらが社長さんなの？　まあこんなにお若くて社長さんなんて。うちの娘、独身なんだけどどうかしら」

「いい男ねえ」

陽太は愛想笑いと感づかれない完璧なナチュラルスマイルで返し、薫の腕を引っ張り上げた。耳元に口を寄せる。

「帰るぞ」

「やだもう帰っちゃうの？　ちょっと社長さんととっちゃんぼうやも座んなさいよ、あなたたちにも話を聞いてほしいわ」

双子は網にかかった新たな聞き役を力尽くで座らせると、先ほど語った話を頭から始めた。

「あれじゃあ、栄があんまりにもかわいそうよ」

「母さんたちのお墓だって打ち捨てられるかもしれないわ。息子も娘もどうかしてるし」

「何もかもむしりとられて離婚して、あの猫、何て言ったかしら小島さん」

「マ……」

「そうそうマルオだったわね。それだけが支えだったのよ。六十になる男が、猫だけが頼りなんて惨め過ぎるわよ」

双子はおしぼりを目に当てる。

怒涛の講演にも、陽太と柚子川はふんふん、と相槌を打つ合間にしっかり食事をする。エビフライには醤油かソースか協議もすれば、死体の始末は衛生面から軍手を着用すべきだとする陽太と、それでは失礼だとする柚子川が意見をぶつけ合ったりもする。

薫はようやくトイレに立てた。テーブルに戻る途中、足元のおぼつかない女性と肩がぶつかった。薫を睨む目は酩酊(めいてい)している。薫の胃が捩(よじ)れた。彼女は薫を押しのけてトイレへ向かった。おえええええと盛大なえずきが聞こえてくる。

薫は胸を押さえた。鼓動が速まって頭の毛穴が縮むような感覚とともに汗が噴き出してきた。席に戻ってきた薫は自分の伝票をつかむ。

「帰ります」

「え、え？　薫さん、帰るの？」

柚子川が戸惑う。薫は「すみません、用事を思い出しました」と平淡な口調で告げ、出口に向かった。耳の中に響く女のえずきが、聞き馴染(なじ)んだものに変わる。伝票が手の中でかさかさと震える。震えはやがて全身に波及し抑えがたく、怯えている事実を欺き平静を装うことを困難にする。

外に出た薫は額の汗を拭った。脇も背も冷たい汗でぐっしょりと濡れている。浅い呼吸を繰り返し、狭まる肺に酸素を送る。キャリーバッグのグリップを強く握り直した。

アルコールが供される席に今まで出たことがない。派遣や契約社員はもともと誘われることが少なかったし、派遣元の忘年会や新年会も断り続けていた。そのうち誰からも誘われなくなった。学生時代からの友人の結婚式も欠席した。それ以降、彼女からの連絡はない。つき合った男は酒を飲まない人だったので、入る店も限られた。だからアルコールとは距離を置けた。

いや、今までも酔っ払いにぶつかられたこともあるし、酒はそこいらじゅうにある。完全に逃げおおせられていたわけではない。なのに今日に限って調子が悪くなった。なぜだ。

足を止めて辺りを見回す。十五年前まで、住んでいた町であることに気がついた。

そうか。うろたえたのは、あのアパートが取り壊されるということが頭の中にあったからだ。伯父夫婦に引き取られてから一度も足を向けていない。

ここからアパートまでバスで十分とかからない。歩いてでも行ける。

薫は南を見た。それから来た道を振り返る。北には酔っ払いのいるレストラン。南には取り壊されようとしているアパート。

踵を返し、北への道を二歩進んだ。その足が止まる。また体の向きを変えた。一歩二歩と進む。足が止まる。

行きたい行きたくない、ではなく、行かなきゃならない。いつまでもふたがされているわけじゃないから。

キャリーバッグを、命綱のように強く握り締め、深呼吸すると、足を前に出した。

南へと歩き出した薫は、いつの間にかランドセルを背負っている。家に帰ればお母さんはまた飲んでいるだろう。玄関横のキッチンで。玄関から座敷まで叱られずに行くにはどうしたらいいんだろう。たった五歩のその距離が、学校から家までの距離より遥かに遠い。

横断歩道まで来た。歩行者の信号は赤だ。黄色い足跡がなくなっている。いつもと違う。どうしよう何か悪いことが起きようとしているんじゃないだろうか。信号が青に変わらないように祈る。なぜ帰宅時間が遅くなったのかと責められたら、信号がなかなか変わらなかったと言い訳しよう。変わるな、変わるな。

青になった。ゼツボーの「とうりゃんせ」が流れる。いきはよいよいかえりはこわい。周りの人間が渡り始める。波に押されて薫も歩き出す。

白いところだけを踏まなきゃ。それなのに人に押されて灰色のところを踏んでしまった。

なし、今のなし。踏み直そうと戻りかけたとき、信号が点滅した。渡り切るしかない。駆け足で白いところを踏んだ。一回しか灰色を踏まなくても「ゼツボー」が訪れるんだろうか。神様が見ていないといい。神様が見ていたら必ず「ゼツボー」という罰を下すだろう。

横断歩道から逃げ出すように家路を急ぐ。帰りたくないのに足を速めなければならない。そういうルールだからだ。

アパートの外階段を上る。部屋の明かりは落ちている。息を切らしてドアを開ける。真っ暗な中、右手へ視線を向け、下げる。ひっと息が詰まった。

お母さんが、いた。

足を投げ出して流しにもたれ、酒をラッパ飲みしている。全身が闇に塗り潰されていて輪郭しか分からない。

――なんでこんなに遅ぇんだよ。

薫の全身の毛穴が縮む。体が動かない。

耳が肩にくっつきそうなくらい首を曲げて、お母さんがゆらりと立ち上がった。薫は頭を抱えてしゃがみこむ。数秒身を硬くしていたが、何も起こらない。てっきり迫ってくるかと思いきや、気配がない。恐る恐る顔を上げると、お母さんは薫に背を向けて居間へ踏みこんでいった。薫を振り返ることもない。

居間の奥、テレビとたんすの間を目指している。そこに小さい暗闇がある。そこだけがボツリ、と一層暗い。お母さんの足元からその暗闇まで、横断歩道が延びている。溜まっている小さく濃い闇は、そこに人がうずくまっているからだ。

お母さんの足取りはおぼつかない。横断歩道の白色も灰色もぐちゃぐちゃに踏みつけて渡っていく。薫は視界を意図的にぼやけさせる。「今」を見たくない。「今のお母さん」を見たくない。ぼやけさせれば恐怖も痛みも全部曖昧になる。

お母さんはその影の前に立つと、酒瓶をゆっくりと持ち上げていく。

——お母さんは勘違いしてる。

影から声が発せられた。か細い少女の声だった。お母さんには届かないのか、酒瓶の上昇は止まらない。お母さんの胸を越え、肩を越える。

——お母さんは私を敵だと思っているんだ。私をちゃんと見てくれたら、敵じゃないことが分かるはず。そしたら殴ったり蹴ったりはしないはずだ。お母さんは怖いけど、私は仲良くなりたい。お母さんは怖いけど、私は——。

酒瓶が頭の上に掲げられる。

——ごめんなさい。

うずくまる影が擦り切れた声で謝った。ごめんなさいは禁句だ。お母さんの怒りに油を注ぐ。それでもほかに言葉を知らない。

――ごめんなさいごめんなさいごめんなさい。

ひーひーと死にかけの犬のような呼吸音をさせて、小さな影は謝罪する。

――助けてください誰か私を助けてください神様助けてください。

階段を駆け上がってくる足音がする。

――お母さんは病気なんです誰かお母さんを治してください神様お母さんを助けてくださ
い。

酒瓶が小さな影目がけて振りおろされる。

――私とお母さんを。

「たすけてくださいいいい！」

薫は動かない体のまま前のめりになって叫んだ。背にした玄関のドアが開いた。街灯の光が差しこむ。酒瓶が白銀の閃光（せんこう）を放つ。

薫は目を見開く。お母さんも影も掻き消えた。

「薫」

お母さんの声ではない。息を切らしながらも落ち着いた男の声。肩を返して見上げると、光を背にした男。その顔が半分だけ照らし出された。

「……しゃ、ちょ……」

陽太はキャリーバッグを横にどかして、薫の前にしゃがんだ。薫を覗きこむ。

「どうしたんだ。何してるんだ。何を怖がってる？」

薫は居間を凝視している。頬が断続的に痙攣する。震える手で自らの左肩をつかむ。陽太はその肩に目を留める。

「お、お母さんが、いました」

「お母さん？　お前の実の母親か？」

陽太は部屋の中を見回す。アルミテープで補修された流しには、蜘蛛（くも）の巣が張っている。蛇口は水しか出ないタイプだ。調理台はやかんをひとつ置けば、他にはもう何も置けないほど狭い。アルミの窓枠は歪んで上のほうに隙間ができていた。テレビとたんすの間の壁には、不安を掻き立てるようなシミが黒く広がっている。誰もいない。いるはずがない。

陽太は薫に向き直る。

「いいか、お前の母親はもういない」

薫は陽太に顔を向ける。しかし、目は陽太を映してはいない。そのことを陽太は分かっている。それでも真摯に薫の目を覗き、自分を薫の目に映そうとする。

「死んだんだ」

「しんだ」

薫の耳に、クルマのエンジン音が蘇る。そうだった。もうずっと前に死んだのだ。安全だと私に言い聞かせた横断歩道につっこんできて、フロントガラスから飛び出て、それから間もなく死んだのだ。

薫の目から涙がこぼれ落ちる。パタ、パタ、と畳を打つ。なぜ涙が出るのか。なぜ泣いているのか自分でもはっきりしない。

「お母さんは今、横断歩道を渡って、私へ向かっていきました」

「え？」

「おうだんほどうの……はいいろのところをふんで……そしてわたしを……おさけのびんで……」

薫は息を震わせ呟いている。薫の言っている少ない情報と、以前から横断歩道を凝視していた光景から、陽太は見当をつける。

「よし分かった。じゃあオレは灰色のとこばっか踏もう、来い」

薫は愕然とし、立ち上がる陽太を目で追うだけ。陽太は動かない薫を見おろす。

「おいお前、助けてくれって言ったよな。だったらオレが助けてやるよ。そんな『罰を与える』紙様なんて洟かんで捨てちまえ馬鹿」

薫は立ち上がろうとしたものの、全身の震えにより力が入らない。目の高さに差し伸べられた手を一瞥したが、薫はつかまらない。

「だ、大丈夫です、自力で立てます」

そうは言うものの、震えが残っていて危うい。陽太が腕を取り、無理矢理立ち上がらせた。

「立てなくても、立つ気があるならそりゃ自力でだろうと他力であろうと違いはねえよ。馬鹿のくせにぐちゃぐちゃ小難しいこと考えてねーで、ひとりで立てなかったら支えてもらやいいだけだろ」

陽太は薫が楯にしていたキャリーバッグを抱え、薫の手を引いて玄関へ行く。

薫はこの部屋で、誰かに手を握られたことはなかった。陽太の後ろ姿に焦点を結ぶ。ああ、この人はこういう背中をしているのだと思った。

駐車場にパオが停まっていた。柚子川が助手席で天井を仰ぎ、口を開けて眠りこけている。運転席のドアが開く音でビクリと目を覚ました。薫の様子と陽太の顔つきから何かを察したらしく追及しない。

パオで交差点へ行き、柚子川を、路肩に停まらせたクルマに残してふたりは降りた。

「よく見ろ。誰も白いところだけ狙って踏んでなんかいない」

足元に注意を払う人は見受けられない。

陽太が先に渡る。振り返って、歩道に立ちすくんでいる薫を呼ぶ。陽太が戻ってきて薫の手をつかむ。引っ張って歩き出す。オレと同じところを踏め。陽太は白いところも灰色のところも踏む。まっすぐ前を見て歩く。薫は足元に目を落とす。だから人にぶつかる。睨む人もいれば怒鳴る人もいる。陽太が薫の代わりに謝る。

肩を返し、また渡ろうとしたとき。

薫の足が止まった。

横断歩道の向こう側に、立っていた。

引く手に抵抗を感じた陽太が振り返れば、薫は目を見開いて、陽太を通り越した向こう側を注視している。

「何、何かいるのか」

「……はい」

お母さんが、いた。ただ立っている。めったにない素面(しらふ)の母親が薫を見つめている。

ここにもいたの、と薫は思った。大嫌いで大好きだったお母さん。怖くてかわいそうなお母さん。迷惑とは思わない。ただ、これから先も自分は彼女に取り憑(つ)かれ続け、振り回され、支配され続けるのだ、と思った。

薫の焦点がぼやけかけたとき。

『お母さん！』

背後から高い声が響いた。

薫の作業着を掠めて渡っていくのは、ランドセルを背負った小さな女の子。白色も灰色も踏んで母親へとまっすぐにかけていくその子は小学一年生の薫だった。

お母さんが小学生の薫の手を柔らかく握る。小学生の薫は笑顔を上向かせる。母親が言い聞かせる。

『この足形のところに立って、信号が変わるのを待つの。道路を渡るときは、この白いところを通るのよ。はみ出たら危ないからね』

距離があるのに、教える声はまるで目の前で言われたかのようにはっきりと聞こえた。

小学生の薫はうん、とうなずく。口を結んでいながら、彼女の声が薫に届いた。――仲良くなりたい。お母さんは怖いけど、私はお母さんが大好きだから――。

ああ、と薫は思った。

言えたのだ。やっと、言えたのだ。お母さんに伝えたくて、伝えられないまま別れた言葉を。私はやっと言えた。

母娘を凝視していた薫は、膝から力が抜けてうずくまった。膝を抱えてきつく目を閉じる。

お母さん、どこに現れてもいいよ。何度私の前に現れたって構わない。

そう思いながら、馴染んだふたりを目の当たりにした薫は、お母さんはもう、めったなことじゃ現れないだろうとも予感した。

「薫……」

陽太の声が降ってくる。

薫はそろり、と顔を上げた。母娘の姿はなかった。

立ち上がった。空っぽになった空間を見つめて足を前に出す。突っ立っている陽太を追い越す。今度は陽太が薫に手を引かれる形でついていく。

お母さんが立っていた歩道にたどり着いて、足元に目を落とせば、欠けた黄色い足形があった。

薫は足を足形の上に置いた。欠けたそれはすっぽりと隠れた。私は大きくなったのだ。

それから薫は何回か、灰色を踏んだ。

「飽きた、疲れた、もう帰ろう」

そう言って、陽太が手を放すまで。

走るクルマの後部座席で、柚子川が鼾(いびき)をかいている。

「社長、私がアパートにいるってよく分かりましたね」

「お前、オレのこと馬鹿だと思ってるだろ。風邪引いたときお前んちに行ったじゃん、そのときお前の母親が言ってたけど、あそこ、壊されるんだって？」

「はい」

「あの店からアパートは割と近いから、行ってるんじゃねえかと思って」

薫が腑に落ちない顔で首を捻る。

「場所、よく分かりましたね」

「事故のあと、行ったことがあったんだよ」

「来られたんですか」

理由を問われるのを拒むように陽太が言う。

「でもお前はいなかった。隣の住人に聞いたら引っ越したって、夫婦が挨拶しに来て、それで連れてったたって言ってた」

隣の人からほかにも何か聞いたのだろうか。薫はハンドルを握る手を見る。それから自分の手を見た。


その後のことだが、悪いことは起きた。そして同じぐらい、いいことも、起きた。

翌日。出勤した薫は自分の席に着き、電話をかけた。

相手が出ると、通り一遍の挨拶をしたあとで言った。

「植松さん。明け方のマロンの散歩で、よく足を向けていた公園がありましたね」

柚子川は電話の相手が誰であるかを知り、手を止めて薫を見る。

電話の向こうで健は、薫が何を言い出すつもりなのか探るように押し黙った。

「あなたが歯科医院へ向かう日、公園にいたカラスがあなたに気づいて伝えたようですが、伝わりませんよね」

『ええ、カラスの言葉はちょっと……』

「マロンはカラスに言っていたそうです」

――この子は、自分がいなくなっても、もう大丈夫だ――と。

電話の向こうで絶句する気配があった。陽太が出勤してくる。柚子川に「うぃーっす」と挨拶し、柚子川は口の前に人差し指を立てる。陽太は電話中の薫をチラッと見ると、大して興味を持つふうでもなく席に着いた。

「植松さん、あなたはマロンを看ていました。そしてマロンもあなたをしっかり見守っていたんですね」

最期の澄み切った目が、薫のまぶたに蘇る。言葉ではなかった。それでも確かに、あの目は最期の言葉だったのだ。

「昨日はお伝えできず、すみませんでした。では失礼致し……」

切ろうとしたとき、健に呼びかけられた。薫は受話器をもう一度耳に当てる。

健が言った。

ぼく、このまま腐りたくありません、と
息を深く吸う音が聞こえ、返ってきた声は強かった。

――ぼく、このままでは終われません。

通話を終えた薫は陽太の席へ足を向けた。柚子川が目で追う。

「社長、先日、贖罪や義理で嫌々やってるなら辞めろとおっしゃったことですが、ひょっとしてあれはクビを匂わせてらっしゃったのでしょうか」

陽太はキーボードを叩く手を止めない。こっちを見ない。

「辞めたいの？」

薫は陽太を凝視する。視線を感じた陽太がチラッと目を上げてギクリと身を引く。

「うわっびっくりした。え、何、人のことまともに見れるようになったの」

「社長、私」

陽太の背後のブラインドの隙間から、カラスが見える。向かいのビルのベランダに留まって、こっちを観察している。薫は深く息を吸いこんだ。

「あの事故は、私が受けるはずの罰を社長も被ってくれたのだと思っていました。そのことに感謝はすれど、贖罪や義理を感じることはありません。この仕事をやりたくないと思ったこともありません。ですからクビでない限りは辞めません」

陽太は瞬きした。

「え今なんつった？」

「あの事故は、私が受けるはずの罰を社長も被っ……」

「お前、自分の考えで『辞めない』つったの？」

「はい」

「なんで」という言葉が、陽太の口からこぼれる。薫はわずかに首を傾げた。

「――なんで……？　贖罪や義理を感じないからです」

きっぱり言うなあ、と陽太が漏らす。

「そうなんだろうけど、お前は間違いなくそうなんだろうけど、そういうことじゃなくて、ほら、動物が面白いとか、仕事に興味が湧いたとか、なんかあるでしょ。もっとこう、なんつーの、前向きな感じのやつが」

薫は無表情で陽太を見おろすだけ。

陽太は無言の圧力を制するように、薫に手のひらを向けた。それから腕組みをして天井を仰ぎ、深呼吸した。なんだろこいつ、と呟く。

顔を正面に戻した。

「いろ」

「は」

「ここに、ずっといれば？」

「ずっと、いて、いいんですか」

「いい、いい。動物の言葉が分かるお前を手放すのは惜しくなった。会社が潰れないうちはいればいい。いや、潰さないから絶対。なんなら一生いとけ」

薫の顔が明るくなり、肩が上がる。深く息を吸う。

「ありがとうございます」

勢いよく頭を下げた。液晶モニターに額がぶつかり、ゴッと不穏な音が響く。倒れそうになるモニター。驚いた柚子川は「薫さん、大丈夫ですか」と席を蹴って立ち上がり、陽太は血相を変えて右手でモニターを押さえ、左手で薫の右肩を押し上げる。

「おおいっ大丈夫か。金槌でもぶちこむ勢いでいったけど？　結構な音したけど？」

「大丈夫です」

「いやコレ大丈夫じゃないやつ。赤くなってる腫れてるべっこり凹ん、あ、ぼっこり腫れてきた」

薫を心配するふりをして、陽太はモニターの縁をさすっている。

「陽太」

柚子川に冷たく呆れられ、陽太は何食わぬ顔をして手を離すと椅子に座り直した。

エピローグ

盛岡の目抜き通りは、街路樹の落ち葉で埋まっている。ブロワーを使う作業員の姿があった。

パオは次の現場である駅の西側に向かっている。

信号が変わり、停車した。助手席の薫は横断歩道を見つめている。右手に顔を向けていた陽太が、あ、と声を出した。

「おいおい。薫アレ見てみ」

振り向くと、陽太が右手の保険会社のビルを指している。薫は身を屈めて、窓枠で隠れているビルの上部を確かめた。巨大液晶モニターの中で、犬の水彩画が一定間隔で替わっていく。まどろんでいたり、伏せて上目遣いだったり、スリッパを枕にしていたり。柔らかなタッチで、甘い色遣い。静謐で穏やかな時間が描き出されていた。見る人の気持ちを和らげてくれる。

ペット保険のＣＭで、その犬は紛れもなくマロンだった。

陽太がスマホでなにやら検索し、「お」と発見の声を上げると、画面を薫に見せた。

健のホームページだ。自己紹介には「アニメの制作会社を辞めて挫折感でいっぱいでしたが、愛犬と暮らすうちにまた挑戦したいと思うようになりました」と書かれてある。

陽太がスマホ画面をタップして耳に当てる。

「お久しぶりです『ペットシッター、ちいさなあしあと』です。ご無沙汰しております」

保険会社の液晶モニターを見たことを伝える。相手の言葉を受けて、

「すごいですね。ＣＭに起用されるなんて。うちもＣＭ打てるようになったら、植松さんにぜひお願いしたいです」

陽太が半分本気で言い、相手が何か答え、陽太は社長然と、ははは と笑う。

薫が注目しているのに気がついてスピーカーにした。

「今も梅さんちに？」

陽太が尋ねる。

『はい。祖母も歳ですからひとり暮らしは心配でもありますし』

自分が支えようという気概を感じた。

思考するような沈黙が流れる。

『……ぼく、今もずっと考えているんですよ。安楽死させたことは正解だったのか間違ってたのか』

　薫は黙って耳を傾ける。

『マロンの言葉を聞きたくなる。最期の言葉をぼくは、言わせることもなく殺した。ぼくの選択は、正解だったのか間違っていたのか、答えが出てきません』

　健は言葉を詰まらせた。陽太が薫へ視線を向ける。

「私が答えるべきですか？」

　答えを提示するのは苦手なのだ。他人の所業を正しいとか間違ってるとか、薫に裁くことはできない。

　はは、と健の自嘲が聞こえた。

『……こういうのは人様に答えを求めるべきではありませんね』

　薫は横断歩道を行く散歩中の犬を見やる。犬は飼い主を振り返り振り返り弾みながら行く。先に行き過ぎてリードがピンと張り、そうすると飼い主の元へ駆け戻ってきて主を見上げながら周りをグルグル回る。飼い主が笑みを浮かべて声をかけている。薫がわざわざ訳さなくても、ああいうときの飼い主には犬が何を話しかけているのか理解できるようだ。

　薫は横断歩道を見つめ続けたまま、植松さん、と呼びかけた。陽太がスマホを向ける。

『はい』

「私がこの仕事をしてから死に際に立ち会った飼い主さんは、これまでで、あなたただおひとりでしたよ」

健の呼吸が乱れた。

信号が青になり、陽太がアクセルを踏む。

パオは横断歩道を横切り、液晶モニターは後方へ流れ去っていく。

『この間、食器棚の裏からまたスリッパが出てきたんです。処分しようとしていた掃除機の集塵袋には茶色の毛がみっしり詰まっていたし、椅子の脚には歯形を発見しました』

苦笑いしている。梅のことだけでなくそれもあって、なかなか梅の家を出られないのだそうだ。

彼らの足跡は、予期せず現れる。下駄箱の裏に、柱の傷に、つい部屋の一か所に目を向けてしまうクセに……。その現象は何年も続くだろう。そして現れるたびに、彼らは、生前と変わらず飼い主をぬくめるのだ。

通話を終えた。道は直線になる。

薫は窓を開ける。カラスが一声鳴いて目の前を横切っていった。

「社長、次は開運橋(かいうんばし)そばのパン屋さんのホットドッグというダックスフントが死にそうだぞうですよ」

「そのまんまじゃねーか。よっしゃ。営業かけるぞ。その前に腹減ったな、飯食ってくか」

「はい」

「気合入れるためにゃ、焼肉とうなぎとどっちだ」

薫は束の間黙る。

「どっちも、いいですね」

陽太は眉を上げ、薫を一瞥した。「うまいこと言うじゃん」

オリーブ色のクルマはスピードを上げ、開運橋に乗った。

了

高森美由紀（Miyuki Takamori）

1980年生。派遣社員。青森県出身、在住。

『ジャパン・ディグニティ』で第1回暮らしの小説大賞（産業編集センター）受賞。『花木荘のひとびと』でノベル大賞（集英社）受賞。他に『おひさまジャム果風堂』、『お手がみください』、『みさと町立図書館分館』（すべて産業編集センター）がある。

みとりし

2018年3月14日　第一刷発行

著者　高森美由紀

装画　げみ
装幀　カマベヨシヒコ（ZEN）
編集　福永恵子（産業編集センター）

発行　株式会社産業編集センター
〒112-0011東京都文京区千石4-39-17

印刷・製本　株式会社シナノパブリッシングプレス

ISBN978-4-86311-182-0　C0093